サスケ真伝

SASUKE SHINDEN

来光篇

岸本斉史
十和田シン

NARUTO
-ナルト-

目次

この作品はフィクションです。
実在の人物・団体・事件などにはいっさい関係ありません。

人物紹介

うずまきナルト
木ノ葉隠れの里の忍
うちはサスケ
木ノ葉隠れの里の忍
春野サクラ
木ノ葉隠れの里の忍
うちはイタチ
サスケの兄
大蛇《オロチ》丸《まる》
伝説の〝三忍〟の一人
カリュウ
暗雷団の忍
チノ
諸国を旅する忍
ノワキ
諸国を旅する忍

プロローグ

PROLOGUE

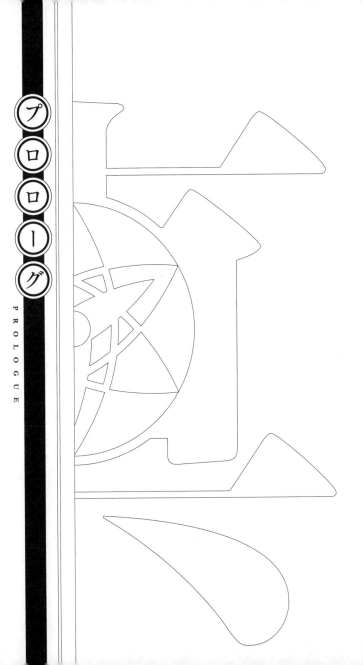

オレたちは孤独で愛に飢《う》え、憎しみを募《つの》らせたガキだった。

しかし、同じ痛みを知る友とは自《みずか》ら道を違《たが》えた。

選んだのは更《さら》なる孤独の道。

繋《つな》がりは、感情の熱を生みだし、それが時に閃光《せんこう》のように輝いて、己《おのれ》の弱さを白日《はくじつ》の下《もと》に晒《さら》してしまう。

オレは闇《やみ》に身を浸《ひた》し、光から顔を背《そむ》け、心を憎しみで真っ黒に染めあげた。

一族を、家族を殺した兄、イタチに復讐するために。そのイタチに全《すべ》ての罪《つみ》を被《かぶ》せて利用した木《こ》ノ葉《は》に復讐するために。この世界に革命を起こし、過《あやま》ちのない世界を自分一人の力で構築するために。

——ほっとけるわけねーだろ!!

立ちはだかった唯一《ゆいいつ》の友。同じ痛みを知る忍《しのび》。ひたすら真《ま》っ直《す》ぐで、自分の言葉は曲げない男。

幾度《いくど》となく振り払い、その命を奪《うば》おうとまでした。

それなのに、諦《あきら》めることなく、見捨てることなく、喰《く》らいつくように必死で手を伸ばしてきた。

そして、断《た》ち切《き》ろうとした唯一の存在が、オレを孤独から連れだした。

オレは負けた。

決着をつけるつもりで選んだ終末《しゅうまつ》の谷《たに》で見た朝日のまぶしさも、共有した胸の痛みも、頬《ほお》を伝った熱い涙も覚えている。一生忘れることはないだろう。

ナルト。

それが友の名だ。あいつは言った。

――オレのやりたいことは全忍《しのび》の協力だ!! もちろんお前も含めてだぞ!!

ナルトの世界には自分がいる。存在することを望まれている。

それはかつて家族が与えてくれたぬくもりに似ていた。

この世界に存在していることを実感させてくれていた、家族の繋がりと、愛に。

復讐がオレの心を支えていた。同時に、オレの心を蝕《むしば》んだ。憎しみは毒のように体を巡《めぐ》り、人としての感情を殺していく。

そんなオレの心に再《ふたた》び熱を灯《とも》してくれたのだ。

踏みだしたのは新《あら》たな道。過去から未来へと繋がる道。

平坦《へいたん》な道ではない。この世界はまだ、様々な痛みを内包している。
右目に写輪眼《しゃりんがん》、左目に輪廻眼《りんねがん》。
かつて闇を見つめたこの目が映しだす未来とは——

第壱章

CHAPTER 1

変革の世に現れし暗雲

一

「……雷影様《らいかげ》にくれぐれもよろしくね」

ベールのように白靄《しろもや》がかかる広い海。視界良好とは言いがたい景色だが、霧《きり》に慣れた彼女たちにとっては、これでもよく見通せるほうだ。

ここは四方を海に囲《かこ》まれた水《みず》の国。

忍《しのび》五大国と呼ばれる国の一つで、この国には霧隠《きりがく》れの里がある。

血霧《ちぎり》の里や、〝暁《あかつき》〟発祥《はっしょう》の地などと呼ばれていたのは今となっては昔の話。

様々な悪事に手を染めた四代目水影《みずかげ》・やぐらにかけられていた幻術を今は亡《な》き白眼《びゃくがん》の青《アオ》が解き、五代目水影に照美《テルミー》メイが就任《しゅうにん》することによって、霧隠れの里の状況も少しずつ改善していった。

そして、第四次忍界《にんかい》大戦を経《へ》て、世情が一変する。

いがみ合っていた忍五大国が共《とも》に手を取り戦い抜き、戦友となったのだ。

大戦後にも、この世界を揺るがす困難はあったが、それにも協力し、打ち勝ってきた。

戦いの犠牲《ぎせい》は大きく、哀《かな》しみも生んだが、手にしたものも大きい。

「霧隠れと雲隠《くもがく》れの合同訓練……、しっかり役目を果たしてきてください……！」

出航の準備をする忍たちに、忍刀《しのびがたな》七人衆《しちにんしゅう》の証《あかし》、大双剣《だいそうけん》ヒラメカレイを背負《せお》う長十郎《ちょうじゅうろう》が声をかける。

ここは波打つ港。海に囲まれた水の国にとって重要な場所。そこに、百人は乗れるだろう船が停泊していた。

他里との合同訓練となると物騒に聞こえるが、実際は親睦《しんぼく》の意味合いが強い。

こうやって他国との交流が増えたのは、第四次忍界大戦で大きな功績を挙《あ》げたうずまきナルトの影響が大きかった。彼は忍同士が協力し合い、争いのない世界を築きあげることを望んでいるのだ。

「こういった積み重ねが霧隠れの未来にも繫《つな》がっていくはずよ」

水影は、合同訓練一団を率《ひき》いる隊長にそう語りかける。

「はい！　他里との友好の基盤、根気強く形成してきます！」

隊長としては、水影の思いに答えようとしたのだろう。しかし、その言葉に水影はピクッと反応した。

——ばんこん……晩婚!?

そんな水影のことなどつゆ知らず、今度は長十郎が隊長に話しかける。

「雷影様は自他共に厳しいところがありますが……、剛毅《ごうき》で、勇猛な方です。何をするにも全力で……。あと今の時期だと、水の国近隣の島で強い台風が発生しやすいので、そちらも気をつけてください……」

「はは、気遣《づか》い感謝する。長十郎くんも人の心配ができるようになったか」

——晩婚、自他共に厳しいところがあり……痛い破棄《はき》!?

朗《ほが》らかに話す長十郎たちとは違い、水影の表情が一気に険《けわ》しくなった。おどろおどろしいオーラが水影の背後に立ちのぼる。

「……水影様、どうしました?」

黙りこむ水影に気づいた長十郎が、不思議そうに首を傾《かし》げて水影を見た。水影はフゥと息を吐くと、荒立つ精神を整《ととの》える。

「青のことを思いだしていました……彼がここにいれば……」

「あ……先輩のことを……。先輩にも、今の自分の姿を見ていただきたかったです……」

長十郎は、水影が成長した長十郎の姿を青に見せたがっていると勘違《かんちが》いしたらしい。水影は彼の言葉を否定することなく微笑《ほほえ》み「ホントにね」と話を合わせた。

「それではいってまいります！」

団員たちは皆船に乗りこみ、船がゆっくりと港を出る。波しぶきをあげて進む船を見送りながら長十郎が感慨深《かんがいぶか》げに呟《つぶや》いた。

「……憎しみ合っていた五大国が、こうやって手を取り合えるようになるなんて……すごいことですよね……」

「……ええ、そうね」

変わりゆく世界の変化を、長十郎なりに感じ取っているのだろう。水影はそんな彼以上に感じ入るものがあった。

水影は、霧隠れの暗黒時代を生き抜いてきた忍の一人だ。

人の血に、己《おのれ》の血に濡《ぬ》れながら里のために戦い、足手まといだと判断されれば簡単に切り捨てられる。疑心暗鬼が渦巻《うずま》き、何を守るために生きているのか、何を信じればいいのか、まるで深い霧の中のように見えなくなる時期が確かにあった。

その環境が、鬼人《きじん》と恐れられた桃地再不斬《ももちザブザ》や、血継限界《けっけいげんかい》という哀しい宿命に翻弄《ほんろう》された雪《ゆき》一族の白《ハク》、霧隠れの闇《やみ》を一身に背負っていた干柿鬼鮫《ほしがきキサメ》など、世に〝悪〟と言わしめた忍たちを生みだしたのかもしれない。

同じ時代、同じ里の忍として生きた水影には、彼らを〝悪〟と呼ぶのには密《ひそ》かに複雑な思いを抱《いだ》いているが。

五大国間の緊張が緩和《かんわ》され、戦《いくさ》が減ることで、争いが主体だった世界の流れは基礎から変わっている。

同時に、忍も、人も、時代に合った変化が求められる。

だが、誰もが変化を受け入れられるわけではない。なかには変化を拒絶し憎み、破壊しようとする者も現れるだろう。

先代水影や、霧隠れの歴史からくる負の遺産を改善しようと奮闘するなかで様々な困難にぶつかった現水影であるメイは、それを知っている。

変わるということは、容易《たやす》いことではないのだ。

雷《かみなり》の国へと向かった船はいつのまにか遠くなっている。

白靄に紛《まぎ》れて霞《かす》む船を、水影は目をこらすようにして見つめた。

「……急に曇《くも》ってきたな」

雷の国に向かうべく、水の国の港から船を出して一日がたった。

見張り役として船の甲板《かんぱん》に立っていた霧隠れの忍は空を見上げる。白靄を抜け、天候に恵まれて船を進めていたのだが、突然、暗雲が立ちこめだした。

頰《ほお》に風が吹きつけ、凪《な》いでいた海が表情を変え始める。

「嵐が来るかもしれない」

見張り役は中の者に伝えておこうと足を踏みだした。

「……………?」

ところが、そこで視線を感じたのだ。思わずそちらを向くと、海の向こう、波の合間に小さな舟が見える。

「……漁船、か……?」

舟には、雨よけの簑《みの》をはおり編《あ》み笠《がさ》を被《かぶ》った漁師らしき格好《かっこう》の人間が、数人乗っている。

この海域には大小様々な島があり、漁業を生業《なりわい》に暮らしている人々も少なくない。とりたてて気にする必要はないだろう。そう思ったのだが、舟はどんどんこちらに向かってくる。

「おい、ぶつかるぞ!」

船上から注意するように言ったが舟は止まる気配がない。

「おい!」

見張り役は船から身を乗り出して、霧隠れの紋様《もんよう》が刻《きざ》まれた額当《ひたいあ》てを摑《つか》み、クイッと持ち上げた。

こちらは霧隠れの忍であるという自負と、お前たち漁師なんてどうにでもできるという無自覚な傲慢《ごうまん》さがにじみ出ていたかもしれない。

「……………？」

そこで舟に乗っていたうちの一人が立ち上がった。深く被られた編み笠。それをつまんで、ゆっくり持ち上げる。

隠れていた顎《あご》が、口元が、鼻筋《はなすじ》があらわになり、そして――

「………！」

〝それ〟を見た瞬間、見張り役は倒れた。

「お、おい、どうしたんだ!?」

舟に向かって注意を呼びかけていた仲間が突然倒れ、周《まわ》りの忍は目を丸くする。しかし、倒れた見張り役に駆け寄るよりも早く、異質な気配を察した。

「な、何者だ！」

笠を深く被った見知らぬ人間が、甲板に一人、音もなく着地する。

身のこなしはどう見ても忍。

騒ぎに気づいた隊長が駆けつけ「拘束《こうそく》しろ！」と叫んだ。

霧隠れの忍たちは、この不審者《ふしんしや》を拘束、排除するため、印《いん》を結ぼうとする。ここは海の上。水遁《すいとん》の術を多く使う霧隠れにしてみれば優位に立っていると言える。

しかし、その不審者は悠然《ゆうぜん》と被っていた笠を持ち上げた。

「な……！」

将来を有望視されている若手の忍、血霧の里と呼ばれた時代に生き、あの第四次忍界大戦も生き延びた熟練《じゆくれん》の忍。それら全《すべ》てがたった一人の忍相手に何もすることができず、その場に崩《くず》れ落《お》ちていった。

「……遅いな」

小雨降るなか、雷の国の港で霧隠れの忍たちを出迎えるべく待機していた雲隠れの忍たちがぼやく。

当初聞いていた到着時刻はとっくに過ぎており、遅れるという伝達もやってこない。

「あまりにも遅くなると雷影様が怖《こわ》いというのに」

直情的で気が短い雷影のこと。待たせすぎると腹を立て、それこそ文字どおり雷が落ちる可能性がある。

「天候が思わしくないのかもしれない。大海原では雨を凌《しの》ぐ場所がないからな」

「しかし、船上からでも伝令の鷹《たか》を飛ばすことくらいはできるだろう？　一言《ひとこと》遅れると手紙をくれればオレたちも上に報告しやすいのに」

「それはそうだが……」

雨に濡れる雲隠れの忍たちの頬を擦《こす》るように風が吹き抜ける。

到着が更《さら》に遅れる可能性も考慮して、雲隠れの忍たちはいったん、里に伝令を飛ばそうとした。

「おい、待て、あれじゃないのか？」

そこで、ようやく海の向こうから船が現れる。

「やっとおでましか」

船には霧隠れの印《しるし》が入っており、目当ての船で間違いなさそうだ。

「なんだか随分《ずいぶん》と静かだな」

ただ、甲板に人影はなく、霧隠れの忍の姿が見えない。雨を避け船内に入っているのだろうか。

船が近づくごとに、雨風も激しくなってくる。まるで不吉なものを運んでくるかのように。

「……ようこそ、雷の国へ！」

船が着岸し、雲隠れの代表者が船に向かって呼びかけた。中から返事はない。不審に思った雲隠れの忍たちが顔を見合わせる。

「ようこそ！」

もう一度、声を張りあげ呼びかける。するとようやく、船の中から人が姿を見せた。

笠を深く被った忍だ。

その忍は、歓迎するように呼びかけていた代表者を船上から一瞥《いちべつ》する。

「……あ……」

代表者の体がぐらりと揺れ、雨に濡れる港に倒れた。

「ど、どうしたんだ！」

突然のことに戸惑《とまど》う雲隠れの忍たち。

笠を被った忍は船から飛び降り、笠を投げ捨てた。すると、笠で隠していたものがあらわとなる。

「そ、その目は……!?」

雨の中、異質な光を宿した深紅《しんく》の目。それが雲隠れの忍たちを誰一人逃《のが》すことなく捉《とら》えていく。

「しまった、瞳術《どうじゅつ》……だ……ッ」

赤眼《せきがん》を見ただけで、雲隠れの忍たちは体から力が抜け、倒れていった。

「……見事なもんだ」

その光景の一部始終を見ていた赤眼の仲間が、船から飛び降りる。

「こいつらも船の中へ」

赤眼の言葉に仲間たちは頷《うなず》いた。船の中には、横たわりぴくりともしない霧隠れの忍たちがいる。

仲間が雲隠れの忍を運ぶなか、赤眼は笠を拾い被り直した。天候はますます荒れ、風に煽《あお》られた黒雲がまるで龍《りゅう》のようにうねっている。

「全員運びこんだぞ！」

仲間の声に赤眼は跳躍《ちょうやく》し、船に飛び乗った。空には稲光《いなびかり》が走り、雷鳴がとどろく。

「赤く染めてやるよ」

――〝平和〟なんて許さない。

二

緑が深い。

繋《つな》がる大地との境界線をなくすように苔《こけ》むした木の根に、ぐるぐるとツタが絡《から》む太い幹《みき》。

太陽の光を求め天を目指《めざ》し続けるこの木の樹齢《じゅれい》は、数百年になるだろう。

しかし、この木の先端には、未《いま》だ生長する若芽がある。

それを〝見下ろす〟者がいた。

前髪からわずかに覗《のぞ》く左目は至高の輪廻《りんね》眼《がん》。右目は一見普通の瞳《ひとみ》だが、うちは一族の血《けつ》継限界《けいげんかい》、写輪眼《しゃりんがん》を宿している。

男の名はうちはサスケといった。

「…………」

サスケは大樹《たいじゅ》のてっぺんで四方に広がる景色を眺《なが》める。

第四次忍界《にんかい》大戦を経《へ》て、再《ふた》び木ノ葉の忍《しのび》に還《かえ》ったサスケ。しかし、木ノ葉隠れの里に留《とど》まることなく、世界を旅している。

——今のオレならこの忍界が……この世界がどう見えるのか知りたいんだ。

旅をして数年。闇《やみ》に染まっていた頃なら気づけなかっただろうものを見た。切り捨てようとしていた過去を穏《おだ》やかに振り返る時間もあった。友を思いだす瞬間もあった。

戦《いくさ》の傷痕《きずあと》をこの目で見て、人の哀《かな》しみに触れて、復讐のむなしさも感じている。

過去、サスケは家族や一族を奪《うば》われた痛みや苦しみを、復讐という劇薬で堪《た》え忍《しの》ぼうとした。しかしその闇の深さは進む道を惑《まど》わせる。大事なものまで見失ってしまう。

それを理解し、納得するまで随分《ずいぶん》と長い時間を要したが、サスケは今、それを実感している。

世界の変化も緩《ゆる》やかに感じていた。五影の働きかけによって大きな戦は消え、治安《ちあん》も維持《いじ》されつつあるのだ。

自国を守るために、そして他国を侵略侵攻するために使われていた忍たちの力は、今では、一瞬で情報を伝達するチャクラ不要の機械開発や、医療機関の整備、他国との積極的な交流、流通の強化など、様々な分野で活用され、世界は新《あら》たな成長の時を迎えている。

だからこそ捨て置けない問題があった。

――大筒木《おおつつき》カグヤ。

禁忌《きんき》と呼ばれた神樹《しんじゅ》の実を口にし、チャクラを得て乱世を治《おさ》めた女。しかし、強大な力に取りつかれ暴走した結果、我が子であるハムラとハゴロモに封印された存在。

そのカグヤが現世に復活し、サスケは第七班の仲間やうちはオビトらと共《とも》に彼女を再び封印した。

世界を揺るがす脅威《きょうい》は去ったと人々は喜んだが、サスケには気になることがある。

カグヤ復活のために暗躍していた黒《くろ》ゼツによると、カグヤは無限月読《むげんつくよみ》をかけた人々を神樹の根に繋いで保存し、長い時間をかけてカグヤの兵に変えていたらしい。

その変えられた人々のなれの果てが白《しろ》ゼツだという。

卯《うさぎ》の女神と呼ばれていたカグヤ。そんな彼女が変貌《へんぼう》したのは、乱世を治めたあとだと思われる。ならば人々を神樹に繋いだのも、乱世を治めたあとだ。

なぜ争いが終わったはずの世界で、人々に無限月読をかけ、兵隊化する必要があったのか。

力を持つ者の残虐《ざんぎゃく》な戯《たわむ》れ、恐怖による人間支配、様々な理由が思い浮かぶが、明確な答えを見いだせずにいる。

疑問を晴らすために今ではカグヤの足跡《そくせき》を追っているのだが、相手はチャクラの祖。サスケが輪廻眼を持つとはいえ、その足取りを摑《つか》むのは容易《ようい》ではない。

「……ん……?」

そこで気配を感じてサスケは南西の方角を見る。目をこらせば、何かがこちらに向かって飛んでくるのが見えた。見た目は羽ばたく小鳥だが、あの鳥に巡《めぐ》るのは血ではなく、チャクラが練《ね》りこまれた墨《すみ》と文字。

サスケが巻物を一つ取り出し、手早くそれを開くと、小鳥は呼ばれたように巻物へと飛びこんだ。木ノ葉の忍、サイの忍法、超獣偽画《ちょうじゅうぎが》。小鳥の姿は消え、代わりに、巻物の中に文字が広がる。

カグヤを知るには、もっと多角的な視点から世界を見る必要があるのではないかと思ったサスケは、ここ最近、木ノ葉とのやりとりを意図的に増やし、里や世界の情勢などを送ってもらっていた。

これもその一つだろうと文字を追ったサスケだったが、内容に眉《まゆ》をひそめる。

「これは……」

それは現在の火影《ほかげ》であるはたけカカシからの伝令。

どうやら霧隠れの忍と雲隠れの忍が、突然、大量失踪《しっそう》したらしい。争った形跡《けいせき》もなく、情報が乏《とぼ》しいようで、もし事件に関係しそうな不審点《ふしんてん》を見つけたら木ノ葉に連絡してほしいとのことだった。

「百人以上の忍が忽然《こつぜん》と姿を消したのか……」

これがもし誰かの手によるものであれば、幻術使《げんじゅつつか》いの可能性がある。ならば、優《すぐ》れた瞳術《どうじゅつ》を持つサスケが対応したほうがいいだろう。

写輪眼を使えば他の忍には見えなかったものが視《み》えるかもしれない。

元々、方角を確認するためにのぼった大樹のてっぺん。サスケはその目で、もう一度周囲を見渡した。

サスケがいる森を抜けた先には、もうもうと白く立ちのぼる煙がいくつもある。火を焚《た》いているわけではない。正確に言えばあれは湯気。

ここは温泉が噴出し、湯治《とうじ》によく利用される湯隠《ゆがく》れの里にほど近いのだ。湯隠れの里がある湯《ゆ》の国は、雷の国に近く、水の国への船も出ている。

「……ひとまず雷の国に向かうか」

サスケは陸路で行ける雷の国を選び、森の中へと戻った。


黙々と休むことなく突き進み、日が落ちた頃。サスケは竹林の中を駆けていた。

しなやかで弾力性の強い竹は、木のように飛び移って移動するのが難しい。竹葉《ちくよう》に覆《おお》われた大地を踏みながら、早々にこの竹林を抜けようとサスケは思う。

場所は未《いま》だ、湯の国だ。日付が変わる頃には隣国、霜《しも》の国へと入り、明日には雲隠れの里がある雷の国へと入りたい。

「………？」

そんなことを考えていると、視界に小さな集落が映った。どこにでもありそうな田舎《いなか》の村だが、サスケは思わず足を止める。

村には明かり一つ、ついていないのだ。

日が暮れたとはいえ、村人が全員寝るには早い時間だ。忍の大量失踪のことを聞いたばかりでもある。

「………」

サスケはいったん目を閉じ、ぐっと右目に力を込めた。まぶたを開けば瞳が赤く染まり、三《み》つ巴《どもえ》が浮かぶ。写輪眼だ。

サスケはその目で村を視た。

周辺の竹がふんだんに使われた家屋《かおく》の中には、どうやら人の姿がある。しかし、皆、息を殺すようにじっとしていた。まるで何かに怯《おび》えているようだ。

それが気になり、サスケは村へと一歩足を踏みだした。

「現れたな、落ちぶれ暗雷団《あんらいだん》めがああああ!!」

そこで、竹葉の下から勢いよく飛び出してきた者がいた。見ればガリガリに痩《や》せてハゲあがった老人が、竹槍《たけやり》を手にこちらへと突進してくる。動きに機敏さはなく、力強さもない。どうやら忍術とは無縁な一般人のようだ。

「………!」

サスケは後方へと飛び軽く避《よ》ける。

ところが、着地したところで背後からチャクラを感じたのだ。

「水遁《すいとん》・雨《あめ》あられ！」

女児のような甲高《かんだか》い声が響き、菓子のあられのような小さい水弾がサスケ目がけて無数に飛んできた。サスケは印《いん》を結ぶと息を吸いこみ、口元に指をそえる。

——火遁《かとん》・豪火球《ごうかきゅう》の術！

うちはの十八番《オハコ》、火遁の術だ。サスケの放《はな》った炎は相手の水弾を包み、一気に蒸発させた。

「ええ——！　水遁が火遁に押し負けるってことあんの!?」

サスケに触れることなく消えた己《おのれ》の術を見て、相手が叫ぶ。見れば背の低い童顔の女が立っていた。

「チノ、下がっていろ」

チノと呼ばれた女を押しのけるように、今度は屈強な体つきの大男が現れる。彼は既《すで》に準備していたらしいクナイをサスケに投げつけた。切っ先がサスケの心臓を狙《ねら》う。

クナイの刃《やいば》を薄く覆うチャクラを感じたサスケは竹葉を踏《ふ》み蹴《け》り跳躍《ちょうやく》して避けた。

クナイがサスケの背後の竹に突き刺さると、けたたましい破裂音と共に竹が吹っ飛ぶ。

「……〝風〟の〝性質変化〟か」

風のチャクラを纏《まと》ったクナイによって、竹の節《ふし》の間で空気が膨張《ぼうちょう》し、破裂したのだろう。

「おい、若造ども、何をしとる！　さっさとあいつを倒さんかい！」

「ええ――……！　あんなに強いって聞いてないし！」

チノは、老人の言葉に眉根《まゆね》を寄せ、サスケを見る。そしてハッと気がついた。

「いや、嘘《うそ》でしょ……！　見て、ノワキ！　あの目……写輪眼だ！」

チノがそう言って、サスケの目を指さす。ノワキと呼ばれた大男は「本物なのか……？」と驚いた表情を浮かべた。

「ええーい、この根性なしどもが！　だったらワシがやってやる！　暗雷団め、娘の仇《かたき》じゃあああああッ！」

老人は竹槍を握《にぎ》り、再び突進してきた。こちらの話を聞く余裕はないだろう。ならば仕方ない。サスケは「ハァ」と息を吐き、刀を手に取った。

「死ねえええいッ！」

突き出された竹槍。サスケはその先端を刀でいとも容易《たやす》く切り上げる。そのまま、老人のすぐ手元までものすごい速さで竹を細かく輪切りにし、刀の切っ先を老人の喉笛《のどぶえ》に突きつけた。

刀の冷たい感触を意識させるように刃を喉にあてる。

「ひ、ひぃぃ……」

サスケに切られ一節《ひとふし》分ほどの長さしかなくなった竹が手から落ちた。老人の乾燥した肌に、どっと汗が浮かび滴《したた》り落《お》ちる。

「あ、あ、ちょ、ちょっとお兄さん！　大将！　イケメン！　男前！　そのじーちゃん殺さないであげて！」

慌《あわ》てたチノがサスケをなだめようとしてくる。それには答えず、サスケは老人に言った。

「勘違《かんちが》いだ」

「は、はー……」

「暗雷団なんて知らない」

「ひー、ひー……」

しかし恐怖に震え、小刻《こきざ》みに呼吸する老人の耳には入っていないようだ。これでは話にならない。サスケは老人の喉から刀をわずかに離した。

「オレは暗雷団じゃない」

「へぇ……っ？」

「初めて聞く名だ」

サスケは刀を下ろす。老人はその場にがくりと膝《ひざ》をついた。一方、サスケの言葉を聞いていたチノとノワキが顔を見合わせる。

「イオウのじーちゃん！　勘違いだってよ！」

チノが叫ぶが、イオウと呼ばれた老人は「うるさい！」と喚《わめ》いた。

「今それどころじゃないんじゃー！　心臓がぁー、心臓が痛いぃー！」

死の恐怖から解放され、胸の動悸《どうき》がすごいようだ。イオウは胸を押さえ、必死で空気を吸いこんでいる。

「すまない……、こちらの勘違いでひどいことを」

そんなイオウとは違い、ノワキが申《もう》し訳《わけ》なさそうに謝罪した。

「このまま戦ってたら殺されてたのは私たちのような気がするけど、ごめんね」

チノも両手をパンと合わせて謝《あやま》った。

「ちょっとイオウじーちゃん、じーちゃんもちゃんと謝りなよ！」

座りこんだイオウは、フンと顔を背《そむ》けて「こんな時間に竹《たけ》ノ村《むら》を通ったソイツが悪いんじゃ！」と悪態をつく。

「うわー、もうクソジジイじゃん」

「なんだとぉ！」

チノの言葉に興奮してイオウが立ち上がろうとしたが、すぐその場にへたりこんだ。どうやら腰が抜けたらしい。

「くぅー！　今日こそ暗雷団と決着をつけてやろうと思ってたのに……！」

イオウは悔《くや》しそうに土を叩《たた》く。

「……一体何者なんだ、暗雷団というのは」

イオウは娘の仇だと言っていた。何か問題が起きていると見て間違いないだろう。

「えっと、話すと長くなっちゃうんだよね……。じーちゃん、ひとまず家に戻ろう。このお兄ちゃんにも、ちゃんと説明しないと」

イオウは融通《ゆうずう》が利《き》かない子供のようにぷいっと顔をそらす。チノは呆《あき》れたように「もー」とぼやいたあと、ノワキに目配《めくば》せした。

「イオウさん、戻りますよ……」

ノワキはやや強引《ごういん》にイオウを背負《せお》う。

「くぅっ」

ノワキは村に向かって歩きだし、チノも頭の後ろで腕を組みながらあとに続いた。彼らの背中を見ていると、チノが振り返り「早くー」と急《せ》かす。

「……面倒なことになりそうだな」

サスケはそうぼやいて三人のあとに続こうとした。

「…………!?」

しかし、射《い》るような視線を感じて振り返る。

「…………」

様子《ようす》を窺《うかが》うが眼前に広がるのはただの竹林。静かで獣《けもの》の気配もない。

「兄ちゃんー、どうしたの？」

こちらを気にかけるチノの声に、サスケはもう一度竹林を見渡してから彼女のあとに続いた。


連れてこられたのはイオウの家。どうやら彼はこの竹ノ村の村長らしく、家もひときわ大きい。室内には日用品から子供用のオモチャまで様々な竹細工《ざいく》が置かれていた。

「竹ノ村はこういう竹細工を売って生活してるんだってさ」

チノは傍《そば》にあった竹の編みカゴや竹串《たけぐし》、竹の釣《つ》り竿《ざお》などをサスケに見せる。

「勝手に触《さわ》るな！」

イオウが不機嫌《ふきげん》そうに奪《うば》い取《と》ったが、チノはめげることなく今度は竹とんぼを取り、室内で飛ばした。運悪くサスケの頭上に落下しそうになったが、寸前で受け取り、それを見る。

「これ全部、湯隠れの里で売るんだって。あそこ、観光客多いから。でも、単価が安くてさっぱり儲《もう》かんないそうだけど」

「うるさい！」

イオウが即座に怒鳴《どな》りつける。

湯隠れの里は、忍里《しのびざと》でありながら観光地化している珍しい里だ。

積み上げられたカゴや、作業場に大量に置かれていた竹串の量から推測するに、需要《じゅよう》はあるのだろうが、生活は苦しいらしい。

「実は私とノワキも、少し前に湯隠れの里で興行《こうぎょう》してたんだ」

「興行？」

「私ら忍崩《しのびくず》れの旅芸人でね。湯隠れの温泉街で一儲けしてきたんだよ。あそこじゃ娯楽は金になるからね」

チノがフーッと息を吐くと、口からシャボン玉が次々に現れた。忍にしてみれば大した術ではないが、一般人相手なら受けはいいのかもしれない。

「んで。また違う土地に行こうとしたところで竹ノ村を通りかかってさ。食料調達に立ち寄ったら、このじーちゃんに捕まって仇討《かたきう》ちを手伝えって泣きつかれたわけよ」

ようやく本題だ。チノの言葉を引《ひ》き継《つ》ぐようにイオウが「全《すべ》ては暗雷団の所為《せい》じゃ！」

と叫ぶ。

「暗雷団は血も涙もない悪党集団だ！　小さな村を狙って略奪《りゃくだつ》し、遊びのように人を殺す！　数か月前には娘が嫁入りした村が襲われ……全員殺されてしまった！」

だから仇だと言っていたのか。娘を思いだしてか、イオウの目尻《めじり》に涙が浮かんでいる。

「子宝に恵まれず、年をとってからようやくできた愛娘《まなむすめ》じゃった……！　去年の春に嫁《とつ》いで、もうすぐ子供が生まれる予定じゃったのに……！」

それ以上は言葉にならないようで、イオウは涙を堪《こら》えるように奥歯を嚙《か》みしめた。

「娘さん殺されて、奥さんショックで伏《ふ》せって死んじゃったんだって」

悲劇が悲劇を生み、残されたのはイオウ一人。復讐にかられても仕方ない状況かもしれない。黙って聞いていたノワキも気の毒そうにイオウを見る。

「……その暗雷団を恐れ、この一帯の人々は息をひそめて暮らしているそうだ。窓も、ほら」

見れば窓には光が漏《も》れないように暗幕が張られていた。他の家も皆こうしているのだろう。

だから待《ま》ち伏《ぶ》せして、暗雷団を倒そうとしていたのか。

「なぁ、アンタ！　アンタ強いんじゃろ！　頼む、ワシに力を貸してくれ！」

イオウはぐいっと手の甲で目をこすると、身を乗り出すようにしてサスケに頼んできた。

「えぇー、それはちょっと虫がよすぎないー？」

「うるさい！」

呆れた様子のチノを一喝《いっかつ》し「さっきのことなら詫《わ》びる！」と早口でまくし立てたイオウが頭を下げる。しかもそのまま頭を上げようとしない。サスケがうんと言うまで下げ続けるつもりだろうか。

見かねたノワキが、声をひそめて言った。

「イオウさんをフォローするわけじゃないんだが、実はその暗雷団の頭《かしら》は〝うちはサスケ〟を師と仰《あお》いでいるらしいんだ。しかもそれを公言している」

「……なんだと？」

突然出てきた己の名前。サスケは思わず眉をひそめる。

「……君だよね、うちはサスケ。彼はどうやら君に憧《あこが》れているようだよ」

イオウとは違い、チノとノワキは忍の心得《こころえ》がある。しかも彼らは旅芸人。世界を旅する彼らは情報には聡《さと》いほうだろう。そんな彼らだからこそ、サスケの写輪眼を見て、すぐに何者か察したのだ。

暗雷団と名乗る者にサスケは覚えがない。自分の名を勝手に語られることへの不快感はもちろんあるが、悪事を働く者たちに尊敬されているという現実は、サスケの心に憂鬱《ゆううつ》な影を差した。影の色は、暗く、重い。

「……仕方ない」

サスケは気だるげにそう呟《つぶや》く。自分の名前を出されている以上、無関係とは言えない。それに、暗雷団が暴れ多くの被害を出し、この村が恐怖にさらされているのも事実なのだ。忍の大量失踪事件も気がかりだが、この村を見捨てるわけにもいかない。

サスケが旅する理由には、世界に対する贖罪《しょくざい》も含まれているのだから。

「え、協力しちゃうの？」

どうやらチノはサスケが協力するとは思っていなかったようだ。彼女は目を丸くしてサスケを見る。

「オレには関係ないとか、自分たちで解決しろとか言って、机蹴っ飛ばして出ていくもんだと思った」

机を蹴り飛ばすことはまずないが、その前の言葉は昔の自分だったら言っていたかもしれない。そもそも、昔の自分だったらこの村も早々に通過して雷の国に向かっていただろう。

「やってくれるんじゃな！　さすがワシの見こんだ男じゃあ！」

イオウは顔を上げ、満面の笑《え》みを浮かべる。なんという変わり身の早さだ。

そんなイオウを見て思いだす人物がいた。それは、波《なみ》の国の大工《だいく》、タズナだ。

国に橋を架《か》けるため、様々な妨害に遭《あ》いながら奮闘していたタズナも、こんな押しの強さと変わり身の早さを持っていた。この年代特有のものなのだろうか。

ただ、大切な人を殺されても国の未来のために命を懸《か》けて戦ったタズナと、憎しみにかられ復讐の力を求めるイオウとでは進む道が真逆《まぎゃく》だろう。

「とりあえず今日はもういいでしょ。暗雷団が来る気配もないし、休ませてよ」

チノは大きなあくびをしてみせる。

「そうじゃな。部屋ならある。アンタも自由に使ってくれ。……奴《やつ》らが来たら、くれぐれも頼むぞ」

イオウは念を押すように言った。確実にこの村が襲われると確信しているような目だ。

そして、その目の奥には、娘を殺した暗雷団への制裁を望む闇があった。

サスケは事件解決のために助力はしても、復讐に手を貸すつもりはない。それを言ったところでイオウは納得しないのだろうが。

サスケはイオウの言葉に返事はせずに、あてがわれた部屋へと入った。

「……なぁ？　もう一回言ってみろよォ」

山の狭間《はざま》にあった小さな村。しかしもう、そこに村人はいない。破壊された家々、無惨《むざん》に息絶《いきた》えた人々。血の臭《にお》いを嗅《か》ぎつけた獣だけが賑《にぎ》やかだ。

破壊された家の中、テーブルに腰掛けて鞠玉《まりだま》を壁に投げた男が部下の言葉に口角を上げる。

だらりと伸びた紫紺《しこん》の髪に、血色の悪い唇《くちびる》。目だけがギラギラと輝いている。

「はい！　日が暮れて間《ま》もない頃、竹ノ村の偵察に行ったところ、〝写輪眼〟を持つ男がいました！　カリュウ様、恐らく、うちはサスケかと……！」

壁にあたった鞠玉は転がる死体のすぐ傍《そば》、床の血だまりを跳《は》ねて、また男、カリュウの手に戻る。

「うちはサスケ……誇り高きうちは一族唯一《ゆいいつ》の生き残りィ……そいつが竹ノ村にいるってのか……」

カリュウと呼ばれた男は、クク、と小さく笑ってテーブルから飛び降りると、鞠玉を再び壁に投げつけた。

「……ッ！」

ドォン、と大きな破裂音がして、部下は思わず耳を押さえ目を閉じる。まぶたを開いたときには壁に大きな穴が開き、カリュウがその穴から外へと出ていた。

雲間に隠れた月を見上げてカリュウは大きく手を伸ばす。

「オレの心の師、血継限界のすばらしさを世界に知らしめた男、そのうちはサスケを……殺せるチャンスが巡《めぐ》ってくるなんてなァ！」

カリュウは歓喜の表情を浮かべ、待機していた部下に叫ぶ。

「お前ら、仕事だ！　竹ノ村ってのもちょうどいい……全部まとめてぶっ壊すぜェ！」

三

里を外界と繋《つな》ぐ、巨大なあうんの門は、夜の闇《やみ》から逃《のが》れるように今は閉じられ、歴代火《ほ》影《かげ》の顔が刻《きざ》まれた巨大な岩壁は、雲間からこぼれる月の光に静かに照らされる。

忍里《しのびざと》の中でも歴史が古い、火《ひ》の国、木ノ葉隠れの里。

かつて〝暁《あかつき》〟、ペインの攻撃により壊滅《かいめつ》的な被害を受けたこの里も今では昔以上に栄《さか》え、第四次忍界《にんかい》大戦によって減った人口も回復しつつある。

全《すべ》ては順調に見えるのだが、どんな時代にも試練はつきものだ。

「んー……なかなか厳しいな、これは」

ここは火影の執務室《しつむ》。

霧隠れの里、雲隠れの里から届いた書状を確認し終えた六代目火影、カカシは息をついた。

失踪《しっそう》したのは手練《てだ》れの忍《しのび》たち。霧隠れの忍に関しては、百人もの忍が一気に船ごと消えている。

雲隠れによると、雷の国の港に近い海で霧隠れの船を見た者がいたそうだ。そうなると、船はいったん雷の国の港に着岸した可能性がある。そして、雲隠れの忍たちも船に乗せ、どこかに行ってしまったのではないだろうか。

だが、逃げ場が海となるとまずい。足跡《あしあと》も匂《にお》いも残らず、何より広い海では、カカシの口寄せ、捜索《そうさく》を得意とする忍犬《にんけん》たちでも見つけだすのは困難だろう。霧隠れも雲隠れも、手を焼いているに違いない。

昔であれば内々に留《とど》めてしまいそうな内容だが、情報を求める書状は五大国の忍里である木ノ葉隠れ、岩隠《いわがく》れ、砂隠《すながく》れに送られ、今後、更《さら》に広がるようだ。

他里のことであるとはいえ他人《ひと》ごとではない。

この情報が届いたとき、カカシはすぐさま木ノ葉の忍たちに伝達した。世界を旅しているサスケにもだ。

カカシは今回の件に幻術《げんじゅつ》が絡《から》んでいるのではないかと睨《にら》んでいる。雲隠れや霧隠れも具体的な予想はしていないものの、恐らくそう思っているだろう。

更に言えば、未知の幻術だ。あれだけの忍たちが対処できなかったことを考えるとそうとしか思えない。サスケも、カカシの書状を見たあとそう思っただろう。

見聞と贖罪《しょくざい》、そして、気になることがあると言って旅に出たサスケ。里にいる忍とは違い、自由が利《き》く面がある。そしてなにより彼には写輪眼《しゃりんがん》と輪廻《りんね》眼《がん》がある。他の忍ではわからなかったことも、彼の目には映るかもしれない。

「六代目」

そこで、執務室のドアをノックする音が聞こえた。声で先代火影、綱手《ツナデ》の弟子《でし》であるシズネだと判断したカカシは「はーい、どうぞ」と声をかける。彼女はカカシのサポートもしてくれているのだ。

「失礼します。六代目、サイが報告があると……」

開けた戸の隙間《すきま》から顔を覗《のぞ》かせたシズネが、少々表情を曇《くも》らせながら知らせる。

サイにはサスケへの伝達を頼んでいた。なので、サスケに連絡が届いたという報告だろう。

シズネの表情が気がかりだが「ああ、通して」と声をかけた。

「では……」

シズネがドアを開き、後ろを振り返る。

「失礼します」

いつものどこか食えない笑顔を浮かべて入ってきたサイ。

「失礼しますー……」

そのあとに、申《もう》し訳《わけ》なさそうな表情を浮かべている春野《はるの》サクラ。カカシの頭に「ん？」と疑問符が浮かぶ。

そんなサクラの後ろから、もう一人入ってきた者がいた。

「よっ！　カカシ先生！」

底抜けに明るい笑顔を見せておどけるのは、先の大戦で世界を救ったうずまきナルトだ。

しかし、サイはともかく、なぜナルトとサクラがいるのか。

「ま、どーせナルトでしょ」

ナルトは頭の後ろで腕を組み、キシシと笑った。

「サイがカカシ先生のところに行くっつーからついてきちまった」

悪びれた様子《ようす》はない。

「サクラもか？」

「私はシズネさんと調べ物をしていて……」

サイとナルトが火影への面会をシズネに頼みに行ったとき、サクラがいることに気づいてそのまま誘ったのだろう。

「とりあえず……サイの報告を聞こうか」

「はい。先日の伝令、無事、サスケに到着したようです」

「超獣偽画《ちょうじゅうぎが》の鳥が飛んでいったのは東北の方角だったな。となると、この日数だと今は湯隠れか霜隠《しもがく》れあたりか」

それを聞いて、サクラがホッと胸をなで下ろす。サスケが今もどこかで生きている。それを感じられるだけで安堵《あんど》するのだろう。

「なぁ、カカシ先生、失踪事件、進展ねーの？」

ナルトは頭の後ろで組んでいた手をほどき、カカシの手の中にある書状を見る。こういうところは聡《さと》いのだ。

「なにせ証拠がないらしくてね……」

「六代目、その件で気になることが」

シズネの言葉にサクラが頷《うなず》き前に出る。

「実は木ノ葉でも消息不明の忍が出ているみたいなんです」

「なんだって？」

椅子《いす》に座っていたカカシの腰が浮いた。

「霧隠れや雲隠れみたいに大規模なものではないんですけど、三か月ほど前に何件か……。表に出てないだけで、もしかしたら他にもあるかもしれないんです」

今でも危険な任務は多くあり、忍が消息不明になることはある。以前に比《くら》べて自由に他の地域と交流できるようになったため、人の出入りも多くなった。

なので特別珍しいことではないのだが、カカシも何か引っかかる。

「しかし、なんでまたサクラがそんなことを調べたんだ？」

医療忍者として多忙な日々を送っているサクラが、この手の調べ物をするのは少し意外に思えた。カカシの質問にサクラはわずかに視線を泳がせる。

「いのの実家の常連さんが、旅先で失踪してるんです。突然消えるような人じゃないっていのが言ってたから、今回の件を聞いてすぐに思いだして」

山中《やまなか》いのはサクラのライバルで、親友でもあるくノ一だ。彼女の実家は花屋を営《いとな》んでおり、いのが店番をすることもある。

恐らく常連客を心配するいのの姿がサクラの中に残っていたのだろう。

「もっと詳《くわ》しくわかってから伝えようと思ってたんですけど」

サクラにしてみれば、確信が持てる段階まで調べてからカカシに伝えようとしていたに違いない。

「いや、ありがとう。オレのほうでも気にかけておくよ」

トップに立つ者が全ての情報を手に入れているかといえば実は違う。良くも悪くも火影に伝えるまでもないと勝手にふるいにかけられ、カカシに到達しない情報も多々あった。だからこうやって気心の知れた相手からの意見は貴重だ。

タイミングよくサクラの話が耳に入ってよかった、そう思いながらカカシがサクラを連れてきたナルトに視線を向けたその時だった。

「六代目ッ！　里に侵入者です！」

突如《とつじょ》、火影の執務室に結界《けっかい》班の忍が現れる。執務室に緊張が走った。

「結界に触れたのか」

木ノ葉隠れの里には、里の地中と上空を含め球状の結界が張られている。〝暁〟による襲撃後、更に強力な結界を張っていたはずだ。

「それが……既《すで》に結界内部に侵入し、あうんの門まで……」

「なんだって!?」

「現在、結界班の忍が現場に向かっていま……」

す、と最後まで言葉が出なかった。

「……!?」

突如、ドン、とどこからか爆発音のようなものが聞こえてきたからだ。

カカシたちは執務室の窓を開け外を見る。

「カカシ先生、火の手が……」

サクラが指さした方角、あうんの門付近で爆発の影響か火災が発生していた。

「カカシ先生！　ひとまずオレらが行ってくるってばよ！」

ナルトがそう言い、サイが腰に下げていた巻物を素早く広げ筆を走らせた。墨《すみ》が描くのは大きく羽を広げた怪鳥。

「忍法・超獣偽画！」

それが、巻物から生まれるように飛び出し、窓の外で羽を広げる。大きな羽を上下させる怪鳥にまずはサイが飛び乗り、ナルト、サクラが続いた。

「頼むぞ」

カカシの言葉にナルトたちが頷き、火の手があがる方角へと飛んでいく。

「六代目、私は消火活動の指示を出してきます！」

シズネの言葉にカカシは「ああ」と頷いたあと、各所に情報を集めるように指示を出し、机の上に置かれた霧隠れと雲隠れの書状を見た。

「一体何が起こっているんだ……」


サイが描いた超獣偽画の怪鳥の背に乗り、ナルトたちは火の手をあげる門の方角へと急ぐ。ところが、途中でサイが急に高度を下げ、建物の屋根すれすれを飛びだした。

「サイ、どーしたんだよ!?」

驚くナルトだったが、前方に、あうんの門に向かって屋根の上を駆けるスリーマンセルの姿がある。

「あ、シカマル!?」

ナルトの言葉にサクラも身を乗り出すようにして見下ろした。

「いのとチョウジもいるわ！　サイ、よくあの三人に気づいたわね！」

そう、猪鹿蝶《いのしかちょう》の三人だ。ナルトとサクラの声に彼らもこちらに気づいたようだ。

「お前たちもあうんの門に向かってんのか！」

振り返って叫ぶシカマル。サイが「乗って」と声をかけると、三人とも怪鳥に飛び乗る。チョウジが乗った瞬間、鳥がふらつき建物にぶつかりそうになったが、サイが一気に高度を上げた。

ナルトたちは改めて三人を見る。

シカマル、いの、チョウジの三人は幼なじみで、以前は猿飛《さるとび》アスマのもと、スリーマンセルを組んでいた。しかし、今はそれぞれ立場のある身であり、三人セットで行動することは少ない。

「いのといののお袋さんに頼まれて、花屋の常連客の足取りを追ってたんだよ」

シカマルの言葉に、つい先ほど、サクラが調べカカシに報告していた内容をナルトは思いだす。

「手がかりはあったのか？」

「恐らく最後に泊まった宿は見つけた。そこの女将《おかみ》が言うには湯治《とうじ》の帰りでこれから木ノ葉に戻ると言ってたみてーだ」

その常連客が自分から行方《ゆくえ》をくらますつもりなどなかったことが窺《うかが》い知《し》れる。

「帰る道中に何かあったってことか……」

ナルトの言葉にいのがしっかりと頷いた。

「その人……タダイチさんっていうんだけど、早くに奥さんを亡《な》くしてね。時間があれば、うちで花を買って奥さんに供《そな》えてあげるような人だったの。昔は暗部《あんぶ》で活躍してたけど、もうだいぶお年で。忍は今年で引退して、昔、奥さんと過ごした場所を巡《めぐ》ってくるって別れたっきり……」

　いのが小さい頃からの常連客で、いのも懐《なつ》いていたのかもしれない。

「ほら、今、霧と雲で事件が起きてるからさ。それに巻きこまれたんじゃないかって心配してるんだよ」

　そう語るのは秋道《あきみち》チョウジだ。

「雲隠れでも調査はしてるけど、当時雨が降ってたものだから、匂いも流れて追跡が難しいって」

　チョウジは雲隠れのくノ一であるカルイと交流があるため、独自に情報を得たのだろう。

「とりあえずその前に、この状況なんとかしねーと」

　話を打ち切るようにシカマルが言い、あうんの門を見つめた。夜は封鎖《ふうさ》された門の内側、木ノ葉隠れの里で火の手があがっている。

「シカマル、私たち、さっきまでカカシ先生のところにいたんだけど、里に侵入者が現れたらしいの。結界班の忍が先に向かっているはずよ」

「だったら結界班を見つければ敵がわかるってことか」

　シカマルの言葉にナルトはぐっと身を乗り出し、目をこらす。

「……あそこだ！」

ナルトの視線の先、敵らしき忍と戦う結界班がいた。同時に結界班を見つけたシカマルが、

「……どういうことだ、防戦一方じゃねーか」

と眉《まゆ》をひそめた。

シカマルが言うとおり、結界班の忍はまるで戦いを避けるように後退している。既に負傷者も出ているらしく、道に倒れている忍の姿もあった。

そこで、いのが突然「えっ」と声をあげる。

「どうしたの、いの？」

サクラが問いかけるが、いのは答えず、そのまま一人飛び出そうとした。

「いの、危ないよ」

サイがいのの腕を摑《つか》んで制止する。いのの視線は結界班に襲いかかる敵に向いたままだ。

「嘘《うそ》でしょ……」

いのの顔から血《ち》の気《け》が引いていくのを見て、チョウジが「どうしたの、いの？」と尋《たず》ねた。いのは唇《くちびる》をわななかせ、絞《しぼ》り出《だ》すようにして言う。

「……タダイチさん」

「え？」

「タダイチさんなのッ！」

その言葉で、皆に衝撃が走る。いのがタダイチさんと呼ぶ男は、旅装束《しょうぞく》を纏《まと》っており、顔は表情がそぎ落とされたようにうつろだった。

「間違いねーのか、いの」

確認するようにシカマルが問う。

「間違えっこないわ！　でも、木ノ葉に牙《きば》を剝《む》くような人じゃない！　どうして……」

「だったら……」

シカマルはタダイチを見下ろす。

「幻術にかかってる可能性があん……のか？」

その言葉に今度はサクラがハッとした。そして、他の敵の顔を見る。

「シカマルの言うとおりかもしれない……」

「どういうことだ、サクラ？」

サクラの脳裏《のうり》にさっきまで調べていた失踪者の情報が蘇《よみがえ》る。

「行方不明になっていた人たちだわ」

「なんだって!?」

「木ノ葉の忍なの！　もしかしたら全員そうかもしれない……」

シカマルはチッと舌を打ち、結界班の忍を見る。

「だから防戦を強《し》いられてんのか……！」

結界班の中に、彼らが木ノ葉の忍であると気づいた者がいたのだろう。

だが、幻術であれば幻術返しで正気に戻せる可能性がある。結界班もそのつもりで戦っているに違いない。殺すには甘い彼らの攻撃がタダイチに入る。

「なんだあれ……どういうことだってばよ」

しかしそこで、ブワリと何かがふくれあがりこちらに迫ってくるような圧迫感を覚えた。

結界班の攻撃で傷を負《お》い倒れたタダイチの体が小刻《こきざ》みに震えている。

「……っ！　ヤベェ！」

真っ先に飛び出したのはナルトだった。

――影分身《かげぶんしん》の術ッ!!

空中で印《いん》を結び、影分身がそれぞれ結界班たちのすぐ傍《そば》に着地する。

「ナルト!?」

「飛ぶぞ！」

有無《うむ》を言わせず結界班の忍を担《かつ》ぎ上《あ》げると、一気にその場から離れた。

振り返ればタダイチがゆっくり立ち上がる。傷を負ったにもかかわらず顔は未《いま》だ無表情。

そんな彼の傷口からこぼれる血がぶくぶくと泡立っている。それだけではない。タダイチの体がボコボコと変形した。まるで、体内を別の生きものが這《は》い回《まわ》っているかのようだ。

「もっと離れねェと……！」

ナルトは距離をとり、安全だろう場所に結界班の忍を下ろすと、タダイチを救出すべく彼のもとに駆けようとした。

しかし、彼の体は鞠玉《まりだま》のように大きくふくらみ、膨張《ぼうちょう》に耐えられなくなった皮膚が裂け、そして――

「……ッ‼」

ドォンとけたたましい音を立て、弾《はじ》けるように爆発した。すぐ傍にあった家が爆破の衝撃に耐えきれず破壊される。幸《さいわ》い、ナルトの影分身が近隣家屋の中も確認し連れだしていたため人的被害はなかったが、新《あら》たな火の手があがった。

「大丈夫なの、ナルト⁉」

サイの超獣偽画が着陸し、サクラが、皆がナルトの傍に駆け寄る。

「タダイチさん……」

いのは呆然《ぼうぜん》と肉片が飛び散った現場を見た。サクラが気遣《きづか》うようにいのの背に手をそえると、いのは自分を律《りっ》するように「大丈夫」と頷く。二人は即座に負傷している結界班のもとへと駆けた。

しかし、脅威《きょうい》はまだ去らない。

「おい、なんか様子がおかしくねーか」

操《あやつ》られているのだろう木ノ葉の忍たちを見て、シカマルが表情を固くする。先ほどまで結界班に牙を剝いていた彼らが、突然こちらに背を向け走りだした。そして、木ノ葉隠れの里を囲《かこ》う壁に両手を広げて張りつく。ナルトはハッとした。

「まさか、あいつらも！」

ナルトは彼らの体を凝視《ぎょうし》した。すると、皆それぞれどこかに傷を負っている。タダイチの爆破による傷だろう。

その傷口から血がにじみ出し、先ほどと同じように泡立っているのだ。ぞわりと寒気《さむけ》がした。

「……シカマル！　全員爆発するってばよ！」

「なんだと！　……今の爆発が複数体同時に起きちまったら、ここいら一帯吹き飛ばされるかもしんねーぞ！」

残っているのは九人。彼らの体が内部から突き立てられるように変形し、膨張し始める。

シカマルはチッと舌を打つと、チョウジに「倍化《ばいか》で羽出せるかッ!?」と叫んだ。

「わ、わかった！」

チョウジは隠し持っていたポテトチップスの袋を開け、一気に口の中にかきこむ。それをバリバリと荒々しく嚙《か》みしめながら、体に力を込めた。

「うおおおおおお！」

秋道一族秘伝の術。チョウジの体はあっという間《ま》に巨大化し、その背に蝶《ちょう》の羽がはえた。これは膨大《ぼうだい》なチャクラを使う術。チョウジのふっくらとしていた頰《ほお》の肉が一気にそげる。

「ナルト、爆発まであとどんくらいだ⁉」

「十秒ってとこだ！」
九、八、七──
「わかった！　みんなチョウジの背後に回れ！　頑丈《がんじょう》なもんに摑《つか》まってろ！」
六、五、四──
「チョウジ、今だ、思いっきり羽ばたけ！」

「ああ！」

シカマルの意図を素早《すばや》く理解したチョウジが、ぐっと踏ん張り、チャクラでできた巨大な蝶の羽を羽ばたかせた。その風に己《おのれ》のチャクラも全てのせる。
三、二、一──

ドォンと響《ひび》く爆発音。それが連動し、壁に張りついていた体が一気に破裂する。シカマルがキッと正面を見据《みす》え叫んだ。

「くるぞ！」

爆風が木ノ葉の町に向かいかけたところで、チョウジの巨体が放《はな》った竜巻《たつまき》のような風がぶつかった。風は爆風を受け、せめぎ合う。

「加勢するってばよ!!　いくぜ、九喇嘛《クラマ》！」

――おお！

かつては憎しみの源流、今では相棒。チョウジの風を支援するため、ナルトは九尾《きゅうび》の九喇嘛に呼びかける。ナルトの体に力が巡り、生みだされた螺旋丸《らせんがん》。ナルトはそれを爆風に向けて放った。新たな風は里を守るように爆風を押し返す。

「……よし、いいぞ！」

チョウジの風と競《せ》り合《あ》っていた爆風は、ナルトの螺旋丸の加勢によって里の外へと弾かれた。門のすぐ傍にあった森の木々が、風と爆風に煽《あお》られなぎ倒される。

「……ハァ、ハァ……なんとか、なったの、かな？」

術を解き、肩で息をするチョウジ。木ノ葉を囲う壁の一部は破壊されたが、町に被害はないようだ。里内であがっていた火の手も突風に吹き消された。シカマルが「さすがだぜ」とチョウジの肩を叩《たた》く。

サクラは壊れた壁のほうに駆けたが、悔《くや》しげに肩を落とした。どの遺体も修復しようがない肉片に変わっている。いのも唇を噛みしめた。

「……とりあえず六代目に報告だ。サイ、悪《わり》ィが超獣偽画でオレたちを連れてってくれ」

シカマルが素早《すばや》く指示を出す。ナルトもシカマルについていこうとした。

「ナルト！」

サイが筆をとったところで、突然ナルトを呼ぶ声が聞こえた。見ればフレームの幅が広いサングラスに、短く逆立った黒髪の男が現場に駆けつけていた。

「……えっと、誰だっけ？」

見覚えはあるが名前が出てこない。

「山城《やましろ》アオバ！」

「やましろあおば……？」

「一緒に雲隠れの亀島《かめじま》に行っただろッ！」

「ああ、うん、うん！　え、なに、また亀島行くの？」

「そうじゃない！　火影からの伝令！」

話がずれていくのではないかと危機感を覚えたアオバが本題を叫ぶ。

「カカシ先生から？　なんだってばよ」

「先ほど、結界に感知された侵入者がいるらしい、その数三十だ」

「……ええ!?」

全員の驚きの声が重《かさ》なった。三十。今の襲撃の三倍だ。

「新たな侵入者ってことですか？　今度は感知できたってこと？」

サクラの言葉にアオバが頷いた。

「ああ、今こちらに向かって……」

その話の途中で、ナルトが破壊された壁の向こう、森の中から視線を感じる。

「あれか……！」

暗い森の中から、まずは男が一人。それに続くように一人、また一人と現れた。その服装に、サクラが困惑《こんわく》した様子で「あれってもしかして……」と呟《つぶや》く。

彼らが身につけているのは忍装束《しのびしょうぞく》。その忍装束は霧隠れと雲隠れのものが混在していたのだ。額当《ひたいあ》てにも、霧隠れと雲隠れの印《しるし》がそれぞれ刻まれている。

頭の回転が速いシカマルが「めんどくせーことになりそうだな……」とぼやいた。

「ナルト、お前ら、六代目……カカシ先生んとこにいたんだろ。そんで、何者かが里に侵入したと聞いて現場に駆けつけた。今の話から推測するに、最初の侵入者は里の内部に入るまで結界班が気づけなかったたってことだな」

「あ、ああ」

まるでその場にいたかのようにシカマルが語る。

「何者かに操《あやつ》られているとはいえ、タダイチさんたちは木ノ葉の忍だった。だから気づかれることなく結界をすり抜けることができたんだろ。ただ、あくまで繋《つな》ぎ役だったのかもしんねェ」

ゆっくりと近づいてくる操られた軍団。意思を感じられない淀《よど》んだ瞳《ひとみ》。あれが本隊だ。

「その上、今目の前にいる奴《やつ》らは、行方不明になってた霧と雲の忍の可能性まであるわけだ。ったく、次から次に……」

シカマルが頭をガリガリと掻《か》く。

「シカマル。しかもあいつらが爆発するきっかけは多分傷よ。傷口から奇妙なチャクラが放出されて、体の変形が始まっていたわ」

ナルトが彼らの傷に気がついたように、サクラも爆発のきっかけを読み取ったようだ。

「そうなるとうかつに手を出せねェぞ……」

シカマルは険《けわ》しい表情を浮かべ、迫《せま》りくる忍たちを見る。

そして、この状況は、木ノ葉だけのものではなかった。

「……合同訓練部隊の忍がどうしてこんなことに……」

自里の忍が少なかった木ノ葉とは違い、最初から数十人もの忍が投入された霧隠れの里は、里の内部まで彼らに侵入されてしまった。

里の中枢《ちゆうすう》機関を守るように戦っていた長十郎は、各所から立ちのぼる噴煙《ふんえん》に歯嚙《はが》みする。

「長十郎、長老様や子供たちの避難は終わりました。私が行きます」

そこに避難終了の報告を受けた水影《みずかげ》が現れた。彼女はそのまま戦闘の中心地へと駆けだす。

「私に引きつけるように伝えなさい。私には里の者たちを守る義務があります。それは……彼らに対しても同様です」

いつもこの里に立ちこめる霧とは違い、もうもうと立ちのぼる煙を見ながらそう言う。操られた彼らも、霧隠れの忍なのだ。

「……水影様は、いえ、霧隠れの里は……ボクが守ります……必ず……！」

「ええ、頼むわよ」

「ボス！　ここはオレらに任《まか》せてください、すみません！」

「ぐぬぅ……ッ！」

同じく雲隠れでも変わり果てた仲間の姿に手をこまねいていた。いても立ってもいられず参戦したがる雷影《らいかげ》だったが、被害が拡大する恐れがあると見て、雷影の右腕であるダルイがおさえている。

「キラービー様を呼んだほうがいいんじゃないですか！」

最悪の事態を想定して師であるキラービーの名前を挙《あ》げたオモイだったが、周囲にいた忍たちが全員「余計混乱する！」と叫んだ。

「シー、敵の正体はまだ感知できねーのか!?」

ダルイの視線が、感知タイプの忍、シーへと向く。シーは表情をしかめ首を横に振った。

相手は幻術にかかった忍たち。しかも傷つければ爆発する。己の意思などまるでない。一体どうすればいいのか。

「ナルトくん！」

そこで、新たな声が響いた。振り返れば長い黒髪をなびかせて駆け寄ってくる女性の姿がある。

「ヒナタ!?」

驚くナルトにシカマルが言う。

「お前がタダイチさんの爆発に気づいて飛び降りたあと、オレがいの経由で呼んでたんだよ」

日向《ひゅうが》一族宗家《そうけ》に生まれたヒナタは白眼《びゃくがん》の持ち主だ。広い視野を持ち、物体を透視する能力などもある。

「ヒナタ、みんな幻術かけられてるみてーなんだ。どっかに操ってる奴いねーか」

今ではナルトの妻でもあるヒナタが「わかった、調べてみる」と目に力を込めた。ビキビキと血管が浮きあがり、その目が開く。

――白眼！

ヒナタは全てを見通す瞳力《どうりょく》で周囲を探った。森の中、周辺の建築物、何一つとり逃《のが》さないように神経を張《は》り巡《めぐ》らせる。

「どうだ……？」

「……いない、みたい」

「えっ、いないの!?」

サクラが驚き叫ぶ。だったらどうやって操っているというのだ。

「ただ、あの人たちの体の中に異《こと》なるチャクラが巡ってる……」

「どういうことだってばよ、ヒナタ」

ヒナタの白眼が映しだしたのだ。彼らの体でくまなく駆け巡る異質なチャクラを。白眼でなければ見通せないような小さな気配。それが彼らを操っている可能性がある。

「じゃあ、そのチャクラを取っちまえばいいのか！」

原因を取り除きさえすれば解決する。そう思ったのだがヒナタの表情は晴れない。

「そのチャクラが……体の一部みたいに巡ってるの……体内で融合《ゆうごう》してるかもしれない……」

しかも外傷を作らずチャクラを消滅させなければならないのだ。シカマルが「簡単に引きはがすことはできねーってことか」とため息をつく。

「ひとまず相手を傷つけねェように捕獲《ほかく》するところから始めねーと……」

シカマルの言葉にいのは眉をひそめた。

「でもシカマル、あれだけの人数を怪我《けが》させずに捕獲するのは難しいわよ。しかも、あいつら、団子《だんご》みたいに固まってるし」

いのの言うとおり、木ノ葉に近づいてくる忍たちは固まって行動している。誰か一人でも傷つき爆発すれば、誘発されて全員爆発するだろう。

「……あ！」

そこでナルトがパッと顔を上げた。皆の視線がナルトに集まる。

「いい案思いついたんだってばよ！」

「……なるほどな。シンプルだが、それなら上手《うま》くいくかもしれねェ」

ナルトの説明を聞いて、シカマルがニッと笑う。

ナルトも笑い返して、今度はヒナタを見た。

「ヒナタもいけるよな」

ナルトの言葉にヒナタは「うん」としっかり頷く。

「……そんじゃ、いくってばよ！」

先陣を切るのはナルトだ。ナルトは土を蹴って走りだす。駆けながら影分身の術を発動し、本体を中心にくの字型に並んで進んだ。操られた忍たちの視線がナルトを捉《とら》える。敵として認識する。

その瞬間、ナルトたちはクモの子を散らしたように四方へと走りだした。

「おーい、こっちだってばよー！」

「いやいや、こっちだってーの！」

「ここだぜ、ホーラホーラ！」

わざとらしく相手を煽る行為。それが効《き》いたのかどうかはわからないが、忍たちはちりぢりになってナルトの分身を追いかけ始めた。ナルトは敵同士の距離を開いていく。

「……よし、やるぞ！」

シカマルは操られた者のうちの一人、何か起きても他の被害が出ないだろう位置にいた男に目につけると、両手を組み合わせ印《いん》を結んだ。

——影真似《かげまね》の術！

月光の柔らかな光に照らされた影が相手に向かって伸びる。

「……よし！」

それが相手の影に繋がり、男はその場で急停止した。シカマルが足を軽く開き、両手をだらりと下ろすと、相手も同じ動きをする。

「ヒナタ！」

「はい！」

ヒナタは白眼で男の点穴《てんけつ》を視《み》る。狙《ねら》うのはそのうちの一つ、急止《きゆうし》の点穴。ヒナタはスッと人差し指を伸ばした。絶対に外《はず》すことはできない。ヒナタは日向家始まって以来の天才と呼ばれた日向ネジの動きを思い描く。

「ハッ！」

呼吸を整《ととの》え突き出したヒナタの指が男の体に食いこんだ。一呼吸置いて男の体から力が抜ける。正確に急止の点穴を突いたのだ。

シカマルが影真似の術を解くと、男の体が傾いた。

「やったか!?」

この男を誘導していたナルトの影分身が、その体を抱きとめヒナタを見る。

「急止の点穴をついたから、一日は動けないはずよ……」

ヒナタが言うように、男は腕の中でぐったりしていた。

この方法を使えば彼らの動きを安全に止めることができる。ただ、高い集中力を要するこの技は、ヒナタに負担が大きいだろう。

「大丈夫か、ヒナタ」

気遣《きづか》うナルトの言葉にヒナタは「大丈夫」と答える。

「一緒に戦うよ」

その言葉に、ナルトはハッとし頷いた。それを合図にするように、シカマルが言う。

「そんじゃ、一気にやっちまうか」

シカマルの影が操られた者たちへと今度は一気に伸びていった。

繰り返した単純作業。しかしそのおかげで全員無事に確保し、今では土の上に静かに横たわっている。これで解決するように思えたが、ナルトたちの表情は暗い。

「……ダメね……」

幻術を解くべく、サクラが幻術返しを試みたが、体の中を巡る異質なチャクラに変化はない。

「時間が過ぎれば点穴の効果も切れるから……長引くようだったら意識が戻る前に、また急止の点穴を突かないと……」

「まいったな、目が離せねェじゃねーか……。せめてこいつらに何が起きたかわかればいいんだが……」

シカマルの言葉に、カカシの伝令を伝えに来ていたアオバが「ちょっとやってみようか……」と手を伸ばす。彼らの記憶を覗《のぞ》こうというのだ。

「大丈夫なのか？」

ナルトの言葉にアオバはチラリといのを見て言う。

「いのいちさんほどじゃないけど、やってみるよ」

いのいちとは、いのの父親だ。第四次忍界大戦で犠牲《ぎせい》となったが、山中一族の中でも感知に優《すぐ》れ、忍の繋ぎ役として活躍していた。

アオバは左手を霧隠れの忍の額《ひたい》に置き、右手を己の額にあてる。

「じゃあ、入るよ」

相手の意識と己の意識を繋ぎ、記憶の世界に飛び立つ。

普段であれば、ここで相手の脳が見えるはずだった。

「……！　これは……」

しかし、意識の中に入った途端、視界が全て赤く染まる。目をこらせば、足下《あしもと》に広がる赤い海。波打つそれは、侵入者に反応して大波へと変わる。

「……しまった、幻術トラップか……!?　こんな攻撃的な幻術トラップは見たことがな……」

咄嗟《とっさ》に逃げようとしたが、波はアオバの体をさらい、思考の渦《うず》の中に無理矢理飲みこんだ。

「……なぁ、サクラちゃん、なんか様子がおかしくねーか？」

様子を窺《うかが》っていたナルトが不穏《ふおん》な気配を感じてそう言う。アオバの口は半開きになり、波に揺られるように前後に揺れだしたのだ。

「脳内に幻術トラップがあったんじゃ……！」

サクラの言葉にいのが「まずいんじゃないの!?」と表情を強張《こわば》らせたが、すぐ覚悟を決めたように両手の指先を合わせ、アオバを狙う。

――心転身《しんてんしん》の術！

山中一族秘伝の心転身の術。アオバの意識の中に入ったいのの体が横に傾いた。即座に反応したシカマルが、影真似の術でいのを支える。

「大丈夫なの、いの……!?」

サクラはいのとアオバを交互に見る。

勝負は一瞬、しかし、いのとアオバにとっては長い時間だっただろう。

「……ハァ！」

アオバが大きく息を吸いこみその場に膝《ひざ》をついた。

「すまない、助かった……」

精神がかなり疲弊《ひへい》したのか、アオバは土に両手をつき、肩で呼吸をしている。

「なんとかなった、わね」

心転身の術を解いたいのの顔色も真っ青だ。

「いの！」

「昔、アンタの中に入ったとき、もう一人のアンタが私の邪魔《じゃま》をしたでしょ……あの要領でアオバさん叩き起こした、のよ……」

血の気の失《う》せた顔で、いのがサクラに笑ってみせる。だが強がりもそこまでだった。

「いのッ！」

チャクラを大量に奪《うば》われたいのが意識を失う。アオバも同じように横に倒れた。

「サイ！　いのとアオバさんを病院に運んで！　私が診《み》る！」

先代火影、綱手直伝《じきでん》の医療忍術を持つサクラが、いのとアオバの体にチャクラを送りながら叫ぶ。サイは素早く筆を走らせた。

そんななか、こちらのことなど気にもせず、東の空から朝日がのぼり始める。

日が差すなか、ナルトの頬に、つうっと汗がこぼれる。

ナルトは密《ひそ》かに感じ取っていた。彼らの中に植えつけられた底知れぬ憎しみを。

第弐章

CHAPTER 2

雷光に蘇る
かつての影

一

「あー、よく考えたら私たちいらなくないー？　サスケちゃんに全《すべ》て任《まか》せとけば万事解決でしょ」

竹林を抜け、広がる森の中、チノがうんざりした表情で呟《つぶや》く。

日がのぼると同時にイオウが現れ「全員で早いところ暗雷団《あんらいだん》を探して倒してきてくれ！」とわめいたのだ。

単身、捜査に出ようと思っていたのだが、余計な邪魔《じゃま》が入ってしまった。

結局、チノ、ノワキと共《とも》に、イオウの娘が住んでいたという村に向かっている。

「……オレ一人でやるが」

サスケがそう言うと、ぶーぶー文句を言っていたチノが唇《くちびる》を尖《とが》らせた。

「そんな風《ふう》に『お前らなんか必要ない』って言われると、反抗したくなるんだけど！」

そこまで言った覚えはないのだが、彼女の言うとおりでもある。

チノは怒った様子《ようす》で「頑張る！　サスケちゃんには負けない！」と喚いた。

「どうでもいいがその呼び方はやめろ」

「そんな風に言うってことは全然どうでもよくないんでしょ！　私はサスケちゃんよりも年上なんだから、ちゃんづけでもいいじゃん！」

チノの見た目はどう見ても十歳かそこらの少女なのだが、どうやらサスケよりも年上らしい。知識や経験の豊富さを感じることができるので嘘《うそ》ではないのだろうが、どこか釈《しゃく》然《ぜん》としなかった。

——見た目や思い込みだけで……人を判断しないほうがいい。

サスケの脳裏《のうり》に、ふと、そんな言葉が蘇《よみがえ》る。兄であるイタチの言葉だ。

それを聞いたのは、サスケが幼かったとき。

当時、イタチと親交深かったうちはシスイが、うちはの未来を悲観し、南賀《なか》ノ川《がわ》に身を投げた。

うちは一族の者たちはイタチがシスイを殺したのではないかと疑った。

そんな彼らにイタチが手を上げたのだ。そして、何を言ってもイタチが手を出してくるはずがないと思いこんでいた彼らに、見た目や思い込みだけで人を判断しないほうがいいと言った。

今思えば、イタチはあの時、怒《いか》り悲しんでいたのだろう。

うちは一族のために命を懸《か》け散っていったシスイの想《おも》いなど何一つ知ろうとはせず、自分たちの都合《つごう》のよいように解釈して、他者を攻撃する手段に変えてしまううちはの業《ごう》に。

三代目火影《ほかげ》・ヒルゼンは、イタチのことを、幼少時から誰も気に留《と》めない先人たちからの教えや印《しるし》に気づき、かつての忍《しのび》たちや里の起こりを誰に教わることなく感じ取る繊細《せんさい》な子供だったと語っていた。

一族という縛《しば》りに囚《とら》われることなく、忍の先、里の先について考えることができ、その将来を思い、危惧《きぐ》していたという。

——兄さんもここに入るの？

そんなイタチに彼が進む道について尋《たず》ねたことがあった。場所は、木《こ》ノ葉《は》警務《けいむ》部隊の本部の前。

警務部隊とは忍の犯罪を取《と》り締《し》まり、里の治安維持《ちあんいじ》に貢献《こうけん》していた部隊である。創立したのはうちはの先代たちで、サスケの父、フガクはそこで隊長を務《つと》めていた。

だから、イタチもここで働くようになるのかと、サスケは尋ねたのだ。

——さあ……どうかなぁ……。

曖昧《あいまい》に答えるイタチ。この警務部隊が、うちは一族を囲《かこ》いこむための組織だったことも、当時イタチに暗部《あんぶ》入りの話があったことも知らなかったサスケは無邪気《むじゃき》に言った。

——そうしなよ！　大きくなったら……オレも警務部隊に入るからさ!!

それこそ、何も知らない愚《おろ》かな弟の夢だ。しかし、イタチは「………そうだな」と答えてくれた。

彼の視野は遠く広く、木ノ葉という枠組《わくぐ》みを超えた存在だった。それでも、あの時返事をしてくれたのは、兄弟で警務部隊に所属し、共に任務に励《はげ》む日々を夢見てくれたからではないだろうか。

そのイタチが一族であるうちはの、そして木ノ葉の犠牲《ぎせい》になったことには、未《いま》だに複雑な思いがある。

イタチの名誉回復、ただそのことだけを考えた時期もあった。

だが、イタチはそれを望まないだろう。

穢土《えど》転生《てんせい》で蘇ったイタチが、別《わか》れ際《ぎわ》、サスケの後頭部に手をそえ、額《ひたい》を合わせ、サスケの目をしっかり見つめ言った言葉。

——おれはお前をずっと愛している。

イタチがこの世界に最後に残したかったのは、世界に対する恨《うら》みや憎しみではなく、弟への愛情だったのだから。己《おのれ》の名誉回復などどうでもよいことだろう。

ただ、ナルトが、穢土転生で復活したイタチが世界のために力を貸してくれたことを周《まわ》りに話しているらしい。

ナルトはうちはのクーデターについても把握《はあく》しているはずだが、そこには触れずに、あの大戦で自分を助けてくれた忍の一人として名前を挙《あ》げているようだ。

それで周りが素直《すなお》に納得するとは思えないが、ナルトの話を疑う人間も彼の周りにはいない。疑われたとしてもナルトは諦《あきら》めずに語り続けるのだろう。

イタチがそれを望むか望まないかは別にして、イタチにも何か理由があったのでは、そんな感情が木ノ葉の中に芽生《めば》える日も来るのかもしれない。

「そういえばさー、サスケちゃんは木ノ葉隠れの里に帰ってんの？」

移動が退屈なのか、チノがそんなことを聞いてきた。木ノ葉のことを考えていただけに、少しドキリとした。

「…………」

「あっは、無視かい！　うちはの復興とかあるんじゃないの？　生き残り一人なんでしょ」

「…………」

「……もしもーし！　もしもーしッ！　聞こえてますかーッ!!」

「チノ、やめとけ……」

黙って様子を見ていたノワキがチノをたしなめる。「アンタはどっちの味方なのよー！」と彼女のわめき声が鼓膜《こまく》を揺らすなか、サスケは静かに視線を落とした。

サスケにとっては愛憎渦巻《うずま》いていた木ノ葉隠れの里。どう関《かか》わっていくか、その答えを出さなければいけない時期に来ているのかもしれない。


竹《たけ》ノ村《むら》から約三時間。そこにイオウの娘が住んでいた村があった。

「……ひっどい……」

村の様子を見たチノが思わず呟く。

家屋は破壊され、残された壁には変色した血痕《けっこん》が残っている。大きく穴が開いた壁から家の中に入ると、室内も激しく荒らされていた。金目のものは全て奪《うば》われたのだろう。

「…………」

サスケの足下《あしもと》に、血がこびりつき固まったぬいぐるみが転がっている。床には倒された写真立てが落ちており、写真の中にはこのぬいぐるみを抱いて微笑《ほほえ》む少女と家族の姿がある。

「……近隣の忍里《しのびざと》は対応していないのか」

「湯《ゆ》隠《がく》れが動いてはいるようだが、あそこは忍のレベルが高いとは言いがたいからな……」

サスケの問いにノワキは息をつく。

「他に近いのは霜隠《しもがく》れだが、この件に関してはノータッチだ。大国に任務依頼に行くとしても、忍術をろくに使えない村人では、道中危険だろうし……。そもそも、このあたりの村人たちは今、暗雷団を恐れて村の外に出るのも躊躇《ためら》うレベルだからな」

「だから私らみたいな、たまたま通りかかった旅人に縋《すが》りつくしかなかったんでしょ」

これだけひどい目に遭《あ》いながら救いの手はないのか。世の不条理《ふじょうり》をまざまざと見せつけられている気分だ。

「木ノ葉はデカイから、衣食住が保証されてただろうけど、けっこうこういう理不尽《りふじん》なこと多いよ」

チノは天井まで残る血の痕《あと》を見上げながら言う。

「有名どころで言えば雨隠《あめがく》れじゃない？　あそこは、火《ひ》の国、風《かぜ》の国、土《つち》の国に囲まれて、大国が戦争するたびに巻きこまれてたんだから。……いつの時代、どの国でも、一番割を食うのは子供だね」

チノはぬいぐるみと写真を拾い上げ、棚《たな》の上に並べて置く。

一刻も早く暗雷団を捕まえなければ、また同様の悲劇を生むかもしれない。彼らに繫《つな》がる情報を集めなければ。

「……『落ちぶれ暗雷団』」

「ん？」

「昨日《きのう》、イオウが言っていた。落ちぶれ、とはどういう意味だ」

サスケはイオウの言葉を思いだす。なぜかその部分が妙に気になった。

「あー、暗雷団、元は義賊《ぎぞく》として活動していたらしいよ」

「義賊？」

「そ。悪い奴《やつ》らやっつけて、そいつらから金を巻きあげて、貧しい人に配ってたんだって。当時は雷光団《らいこうだん》って名乗ってたらしいけど」

「暗雷団と名を変えてからは残虐《ざんぎゃく》の限りを尽《つ》くすようになったようだ」

では、元は弱い者の味方だったのだろうか。

それが真逆《まぎゃく》の立場になるなんて理解しがたいところだろうが、サスケは知っている。闇《やみ》に堕《お》ちるのは一瞬だ。

どんな積《つ》み重《かさ》ねがあろうとも、たった一つの出来事で世界が反転する。

愛は憎しみに、想いは呪《のろ》いに、繫がりは孤独に。

うちはは愛情深き一族。それ故《ゆえ》、愛を失ったとき、全てが憎しみに塗り替えられてしまうことがある。そう語ったのは、二代目火影《ほかげ》の千手扉間《せんじゅトビラマ》だった。

孤独に身を置き、憎しみの力で己を成長させてきたサスケの生き様《いざま》は、扉間の言葉を証明してしまったのかもしれない。

今では闇から抜けだしたサスケだが、今後、同様のことが起こる可能性も秘めている。理性を食いつぶす暴力的な衝動がこの体には眠っているのだ。

同じ過《あやま》ちを犯《おか》さないためにも、サスケには一人になって自分を見つめ直す時間が必要だった。

言葉にして伝えることは一生ないだろうが、友の信頼を裏切るわけにはいかない。いや、裏切りたくない。

だからこそ、このうちはの血をコントロールできるようにならなければいけないのだ。繋がりができれば、いつか必ず別れと愛の喪失《そうしつ》を経験しなければならないのだから。

道を違《たが》えてもまた止めてやるとナルトは言ったが、次は自分の足で立っていたい。

──そういえばさー、サスケちゃんは木ノ葉隠れの里に帰ってんの？

里に戻らない理由はいくつかあるが、他者と密に繋がることを恐れている部分もあるのかもしれない。

「ねー、これからどうする？　もうちょっとこのへん探ってみる？」

サスケは破壊された村をもう一度見渡す。

イオウの話から、女子供にも容赦《ようしゃ》なかったのだろうことは推測できたが、満足に戦えない弱者相手にひどいいたぶりようだ。この村に恨みでもあるのかと言いたくなる。

イオウはここで無惨《むざん》に引き裂かれた娘の遺体を見たのだろう。復讐を望むようになっても仕方ない話かもしれない。

「……？」

そんなことを考えているとチノが突然その場に座りこんだ。彼女は土に耳をあてて目を閉じる。

「……どうした」

「今、揺れた気がした」

「揺れた？」

「地下の水」

チノは耳をあてたまま印《いん》を結ぶ。ノワキがサスケに静かにしていろと伝えるように口元に人差し指をあてた。

彼女の体をチャクラが包みこみ、それが土中へと入りこんでいく。

「繋がった。やっぱり揺れてる……竹ノ村の方角に何かが迫《せま》ってる……」

彼女は感知タイプの忍なのだろうか。

鷹《たか》の一員だった香燐《カリン》も感知に優《すぐ》れており、サスケにもわからないチャクラの質や変化まで見破っていた。チノのように遠距離の様子がわかる感知タイプがいてもおかしくはない。

「暗雷団か」

「その可能性があるかも……」

チノが起き上がりサスケを見上げる。

「……戻るぞ」

サスケは土を蹴《け》り、村を突き抜け、森へと入る。木の根を踏み越え、枝から跳躍《ちょうやく》して、ぐんぐんと加速した。チノたちも背後から必死で追いかけてくる。

竹ノ村からイオウの娘の村まで三時間かかったが、サスケにしてみれば周りの気配なども探りながら、時間をかけた移動だった。

今は疾風《しっぷう》のごとく駆け抜け、竹ノ村への距離をぐんぐん詰める。

ようやく森から竹林へと移り変わったところで、ドォンと大きな破裂音が響《ひび》いた。

「……サスケちゃん、煙の臭《にお》いがするッ」

風上に竹ノ村。何かが起きていると見て間違いないだろう。

サスケは竹葉《ちくよう》を踏み駆けながら更《さら》に加速する。

「イヤァ、助けてぇ――ッ」

そこで、女の悲鳴が聞こえた。見れば村の方角から若い女がこちらに向かって逃げてくる。背後には下卑《げび》た笑《え》みを浮かべながら女を追いかける男たちがいた。ノワキが叫ぶ。

「サスケ、暗雷団だッ！」

男たちの手には刀が握《にぎ》られ、女を狙《ねら》うようにぐっと振り上げられた。

「ハッハー！　皆殺しだぜェッ！」

「きゃ――ッ！」

サスケは懐《ふところ》からクナイを取り出すと流れるような動作で投げつける。

「うおッ!?」

クナイは女の首を狙った刀を寸前で弾《はじ》き飛《と》ばした。

「な、なんだてめーは……」

敵の数は三人。彼らの問いかけには答えず、新《あら》たに三本クナイを取り出す。サスケはそれを女に向かって放《はな》った。

「ヒッ！」

「ちょ、あたっちゃう……」

チノが焦《あせ》った声をあげたが、クナイ全てが女の体すれすれを通り抜け、背後にいた男たちの体に突き刺さる。

「ぎゃああ！」

サスケは女の頭上を飛び越えると、クナイに倒れた男たちのうち、仰向《あおむ》けに倒れた男のすぐ傍《そば》に着地した。サスケは目を閉じ、ぐっと瞳《ひとみ》に力を込め、まぶたを開く。赤に三《み》つ巴《どもえ》、写輪眼《しゃりんがん》。その目で男の目を捉《とら》えた。

「ひっ……か、は……」

幻術《げんじゅつ》による支配。男は口から泡を吹き倒れた。これでしばらくは動けないだろう。

「サスケだ……写輪眼のサスケだッ！　カリュウ様に知らせないと……」

体に突き刺さったクナイを引き抜き立ち上がった男が叫ぶ。サスケは竹葉の上を転がり、男の足下にかがみこむと右手を地について、下半身をグンと持ち上げた。男の顎《あご》を捉え、そのまま蹴り上げる。衝撃に男は脳しんとうを起こし、白目を剥《む》いて倒れた。これで二人。

「ヒ、ヒィ……」

最後の一人は情けない声をあげ、逃げだそうとした。サスケは刀を引き抜くとチャクラを流しこむ。チリチリと弾ける電撃を纏《まと》った刀で無防備な男の背を突いた。

「ガガガガガガガガッ！」

男の体に電流が流れこみ、そのショックで男が倒れる。これで、女を追いかけていた三人全て倒した。

「…………怖《こわ》ぁッ！」

「瞬殺じゃないか……」

「殺してはいない」

サスケは刀の雷撃を払って鞘《さや》にしまうと、周囲の様子を窺《うかが》った。どうやら他にも逃げだした村人がいるようだ。その村人たちを暗雷団が追っている。

村人を助けようとしたが、村から新たに破壊音が聞こえてきた。

「サスケちゃん！　外に逃げだした村人は私らがなんとかするから、サスケちゃんは村を！」

チノも敵を感知したようで、そちらへと駆けだした。ノワキもチャクラ刀を取り出し彼女のあとを追う。そちらはチノたちに任せることにしてサスケは村へと駆けた。

竹林を抜け、竹ノ村へ到着すると、そこには座りこんだまま動かない村人たちの姿があった。どうやら足を負傷し動けないらしい。逃げられないようにしてからいたぶり殺すつもりだったのだろうか。

「……あいつか」

そんな村の中心に、両手に鞠玉《まりだま》を持った男がいる。どうやらあれが頭領《とうりょう》のようだ。

「おのれカリュウ！　ついにこの村にも現れたな……ッ！」

そのカリュウの正面に、イオウの姿があった。既《すで》にあちこち負傷しており、額《ひたい》から血を流している。

持っているのは竹槍《たけやり》一本。イオウはそれを固く握りしめ、カリュウに向かって突進した。

「んなもん効《き》くかよォ！」

カリュウは持っていた鞠玉をイオウに向かって投げつけた。鞠玉はイオウの腹にあたった途端、パァンと弾ける。イオウの体は吹っ飛び、背後にあった彼の家の壁に激突した。

「ガフッ！」

イオウの口から、大量の血が吹き出す。

「そんじゃ、頭イっちゃいますかァ！」

カリュウは壁を背に座りこむイオウの頭を狙って、とどめを刺すべくもう一方の鞠玉を投げつけた。イオウは身動き一つできない。

家を破壊するけたたましい音が響き、砂埃《すなぼこり》が消えたあと、壁にぽっかりと穴が開いた。

「んん……？」

しかしイオウの姿はない。

「こ、小僧……」

「………」

寸前にサスケがイオウの服を摑《つか》み、逃《のが》れていたのだ。

「ん、お、おおおおぉ？」

カリュウはサスケを見て何度か瞬《また》いたあと、歓喜の表情を浮かべる。

「まさかホントにアンタに会えるとは思わなかったよぉ、サスケ……！」

カリュウは心底嬉《うれ》しそうだ。

「オレが憧《あこが》れてきたうちはサスケ……！　一族の復讐に燃え、世界を敵に回しても己の思想を貫《つらぬ》く男ォ……！　会いたかったよ、会いたかったよぉ！」

ノワキが言ったとおり、彼はサスケを慕《した》っているのだ。闇に染まっていた頃のサスケを。

感動を示すように両手を大きく広げている。

対するサスケはそれとは対照的に苦々《にがにが》しい思いでカリュウを見た。

「なんじゃ小僧、貴様、カリュウの仲間だったのか！」

脇腹《わきばら》からにじみ出る血を押さえながら、イオウが突然疑惑《ぎわく》の眼差《まなざ》しを向けてくる。助けられたことなど既に忘れてしまったようだ。

「ハッ……ほんとアンタは都合のいいジジイだなァ」

それを見て、カリユウが呆《あき》れたように呟いた。面識があるようだ。

「う、うるさい、黙れ、この悪党団がッ。もう何でもいい、小僧！　こいつが娘の仇《かたき》だ！　こいつが全ての元凶じゃ！　早くこの男を殺してくれ！」

「何言ってんだよジジイ、サスケはオレの憧れの人なんだよォ」

カリユウの目がギラリと光る。

「……だからこのオレが、サスケを殺すに決まってんだろォ！」

そう言って、カリユウは手を合わせた。

「アンタを超えてやるぜッ!!」

サスケはカリユウの宣言などろくに聞きもせず、抜いた刀に電撃を纏わせ、切っ先で腹を狙う。

「っとォ！　やらせねーよォ！」

カリユウは対応するように印を結んだ。

――土遁《どとん》・土流壁《どりゅうへき》ッ！

すると、土中から勢いよく、土の壁がせり上がった。カリユウは更に印を結ぶ。

――熔遁《ようとん》・護謨壁《ゴムへき》！

カリュウは胸を反《そ》らせ、体内からせり上がってきたそれを壁に吐きつけた。

「……ッ！」

サスケの刀が壁にあたり、電撃が消える。

「ゴムは雷遁《らいとん》に強《つえ》ぇんだぜェ！」

ゴムで覆《おお》われた土の壁。どうやらカリュウは熔遁というゴムを作りだす血継限界《けつけいげんかい》を持っているようだ。

カリュウは壁に隠れ、更にチャクラを練《ね》った。

「頭《かしら》が本気出すぜ、みんな、離れるぞ！」

暗雷団の男たちが、逃げるように村を出る。

——熔遁・護謨鞠《ゴムまり》！

その術を唱《とな》えると、カリュウの口から昆虫の卵のような大小様々の球体が吐き出された。

それが土の上に転がる。転がる球体は鞠玉のようだ。

「ガハァッ……さーてとォ」

カリュウが両手をゆるく持ち上げる。すると、鞠玉がふわりと浮かぶ。逆に手を下げると、鞠玉が落ちる。

カリュウの手の動きに合わせて、鞠玉が不気味に跳《は》ねだした。

「……いくぜェ！」

カリュウはすぐ傍にあった鞠玉を拳《こぶし》で殴《なぐ》りつけた。体を回転させ、別の鞠玉を裏拳《うらけん》で叩《たた》く。前方で低い位置を飛んでいた鞠玉は蹴りつけ、最後に傍にあった鞠玉を摑むと高く跳躍し、サスケに向かって投げた。四つの玉がそれぞれ違う軌道でサスケに迫る。

「………………」

しかし動きを読むのは難しくはない。サスケは鞠玉を避《よ》け、カリュウに近づこうとした。

「こっからだ！」

カリュウはサスケの動きを察知し、印を結ぶ。

「……っ!?」

するとサスケの足下が突然隆起《りゅうき》した。そのまま土がせり上がる。思わずバランスを崩しかけたところで、新たに鞠玉が飛んできた。サスケは後転し、体を捻《ひね》ってそれを避ける。

「まだまだぁ！」

カリュウは土遁を使い、次々高い壁を作った。すると、カリュウの鞠玉が壁に当たって跳ね返り、より複雑な動きを見せる。

四方八方からサスケの体を狙って鞠玉が迫った。

「チッ……」

そのうちの一つがサスケの腿《もも》にあたる。軽《かろ》やかに跳ねる鞠玉だが、あたるやいなや骨に響くような鈍痛《どんつう》が走った。鞠玉の中には練られたチャクラが込められており、打撃力を上げているのだろう。

このままではらちがあかない。サスケは写輪眼でカリュウに幻術をかけようとした。

「おらよォ、狙ってみろよ！」

「ひ、ひぃぃ、やめてくれええぇ！」

するとカリュウは足を折られて逃げられずにいた村人を摑み、前に突き出した。盾《たて》のように押し出された村人は悲鳴をあげている。サスケはさっと視線を外《はず》した。

「チッ……」

サスケに憧れていると言うだけはあり、サスケについて詳《くわ》しく調べているようだ。

近づこうとすると鞠玉が邪魔をし、大技《おおわざ》を使っては村人を巻きこんでしまう。いや、この村ごと破壊してしまうかもしれない。

被害を最小に食い止めるためには使える技も限られてくる。

「こんのぉ……、人でなしめが……！」

思わず叫んだイオウの言葉に、カリュウが村人を摑んだままハッと笑った。

「人でなしに人でなしって言われる筋合《すじあ》いはねェなー！」

「なんじゃとォ……ッ」

カリュウは摑んでいた村人を地面に叩き捨て、イオウを睨《にら》みつける。楽しげに戦っていたカリュウの表情が一瞬真顔《まがお》になった。

「都合が悪くなった途端、オレらを切り捨てやがったてめーらが、人のことを言えた義理か」

「ぐ、ぐぬぬ……」

そんな話はイオウから聞いていない。

だが、サスケにとって今重要なことは、彼らの話に耳を傾けることではなかった。

大量に跳ね飛ぶ鞠玉。近づこうとすれば現れる土遁の壁。雷撃に対応する熔遁のゴム。

そして取られた人質たち。

サスケの瞳、写輪眼が忙《せわ》しなく動きその状況を記憶する。そして最後に、イオウと竹林を映した。

「…………」

サスケはカリュウに背を向ける。

「ん、おいッ」

どこに行くんだ、と叫ぶカリュウの言葉も無視して、サスケは破壊された壁からイオウの家の中へと入った。

「……これだ」

目的のものを手に入れたところで、巨大な鞠玉がイオウの家を襲う。即座に脱出し、サスケは手に入れたそれにチャクラを流しこんだ。

「はっ！」

隆起した土壁を足場に高く飛んだサスケがカリュウを狙う。

「はは、オレにはゴムの壁があんだぜ！」

カリュウは今までと同じように護謨壁で身を守ろうとした。

「……ッ!?」

ところが、そのゴムが弾けてあらわになった土壁が崩《くず》れたのだ。それだけではない。カリュウの周辺にあった鞠玉も一気に破裂した。

「ど、どういうことだ！　こんな技、知らないぞ！」

カリュウが驚き視線を足下に落とすと、竹串《たけぐし》が刺さっている。イオウが手がけた竹細工《ざいく》だ。

「竹串……!?　まさかチャクラを練りこんだ竹串でゴムを破裂させたのか!?」

細く先が尖《とが》った竹細工。そしてこれは陽動である。

「……しまった！」

カリュウが気配に気づいてはっとしたときには、終わりを告げる千鳥《ちどり》の鳴き声が聞こえていた。


カリュウを倒し、村の外から様子を窺っていた暗雷団の男たちを全員片づけたところで、チノとノワキも村人を連れて戻ってきた。

村人たちは全員どこかしら怪我《けが》を負《お》っていたが、幸《さいわ》い死者はいない。

暗雷団の男たちは、ひとまず村の奥にある倉の中に拘束《こうそく》した。

「サスケちゃん。あいつら目を覚ましたみたい」

夜になり、カリュウの意識が戻ったところでサスケたちは倉に入る。

「……ハハッ、ざまあねーなァ」

カリュウは縛られ自由が利《き》かない自分と仲間たちの姿を見て呟いた。そのあと、サスケを見上げ、イオウへと視線を移す。腹を包帯でグルグル巻きにしたイオウの姿に、カリュウは小馬鹿にするように笑った。挑発的な態度に、イオウはカッと赤くなる。

「ワシはこいつを殺してくれと言ったはずじゃ！　なのになんでこんなところに押しこむ!?」

納得いかない様子でサスケに訴えてくるイオウ。サスケはカリュウを見下ろし、尋ねた。

「……お前は〝切り捨てられた〟と言っていたな。あれはどういう意味だ」

――都合が悪くなった途端、オレらを切り捨てやがったてめーらが、人のことを言えた義理か。

カリュウが戦いの最中、イオウに吐き捨てた言葉だ。サスケが知らない内容だった。

「そんなこと聞いてどうするんだ！　こいつらが悪党だってことには変わりないんじゃぞ！」

「……騒ぐなら外に出てくれ。全てを知らないことには判断を下せない」

サスケの言葉にイオウはぐっと息を飲む。

カリュウが「写輪眼で覗《のぞ》けばいいんじゃねェの？」とからかってきたが、無言でカリュウを見つめるサスケの目にヘラリと笑って視線をそらした。

「……オレの熔遁は血継限界。雲隠《くもがく》れじゃ、オレと同じ熔遁を使う忍が里の重役についてるらしいが、オレは田舎《いなか》のちっせぇ里に生まれた。そこじゃ、よそと争いごとが起きるたびにオレら一族が最前線に立たされんだァ。特別な力を持ってんだから、里に貢献すんのは当たり前だろってなァ。その所為《せい》で、みんな早死にすんだよ」

カリュウはポツリポツリと己《おの》の生いたちを語る。

「オレもいつか里に殺される、そう思って里抜けした。里はオレを殺すために追《お》い忍《にん》を出したよ。必死で逃げたが追い詰められて、もう逃げらんねェ、そう思ったときにオレを拾ってくれたのが〝雷光団〟だった」

それが義賊と呼ばれていた頃なのだろう。

「雷光団の頭《かしら》も、オレと同じように虐《しいた》げられてきた血継限界だった。だからこそ弱者の味方になりてェってな。あくどいことやってる奴らをぶっ潰《つぶ》して、巻きあげた金を貧しいもんに配ってたんだよ。……この村とかなァ？」

イオウは固く唇を引き結ぶ。

「まるで英雄扱《あつか》いだったぜェ。姿を見せるたび、村の奴らが歓迎してくれてさァ。飯《めし》や宿を提供してくれてた。懐《なつ》かしいぜ」

当時は良好な関係を築《きず》いていたようだ。それがどうして、こんな惨劇《さんげき》を生みだしたのか。

カリュウの話は続く。

「どこにも属さず、猛威を振るうオレたちを見て、逆に利用しようとする忍里も現れた。敵対する忍里の資金源をオレたちに潰させんのさァ。あん時もそうだ。先代水影《みずかげ》の時代、霧隠《きりがく》れがオレらに仕事を依頼してきた。弱者から金を搾取《さくしゅ》する国の重役を襲えってなァ」

血霧《ちぎり》の里と呼ばれていた時代だろう。サスケの脳裏を第七班の任務で対峙《たいじ》した桃地再不《ももちザブ》斬《ザ》の姿が過《よ》ぎる。怖気《おぞけ》のたつ殺気を見せる男だった。

「霧隠れはオレらにとってはお得意さんだったよ。ところが、だ。オレらが霧隠れに指示された重役一団に襲いかかったとき、霧隠れの忍たちが現れ、こともあろうにこのオレたちを囲んだんだ。重役のピンチに颯爽《さっそう》と現れ救いだす霧隠れの忍！　……てなァ。霧隠れは重役に取り入るため、オレらを利用したんだよ」

カリュウは自分たちの運命を呪うようにふっと息を吐く。

「情報を知りすぎたオレたちを、効率よく処分し、尚《なお》かつ重役とのパイプも作ろうって魂《こん》胆《たん》だ。向こうは精鋭揃《せいえいぞろ》い。仲間を失いながらも頭の遁術《とんじゅつ》で逃げだしたオレたちは、命からがら、この竹ノ村にたどり着いた。いっときでいい、休ませてくれ……オレたちはそう言ったよ。村に迷惑をかけるつもりはない、すぐに去るつもりでさァ。返事はすぐに返ってきた。……『余所《よそ》に行ってくれ』だ」

その言葉の冷たさを、サスケも感じることができる。絶望を知るには十分すぎる出来事だったのだろう。

「……お、お前たちを匿《かくま》ったら、ワシらまで被害を被《こうむ》るかもしれん！　そもそも、他人から巻きあげた金を配っただけでよくもそんな偉そうな態度がとれるな！」

「懐かしいなァ……。今にも死にそうな仲間を背負《せお》い、ほんの少しでいいから休ませてくれ、こいつだけでもいいからと懇願《こんがん》するオレにあんたが言い放った言葉だ！　村の戸は堅く閉められ、オレたちは竹林を歩き別の村へと向かった。背負っていた仲間は途中で死んだよ。どの村も、どの村も答えは同じ。てめェらは水の一杯さえわけてくれなかった！」

カリュウの目に憎しみが宿る。その眼光に、イオウは怯《ひる》んだ。

「頭は雷光団を解散させ、みんなちりぢりに逃げた。夢も希望もあったもんじゃない。霧の追っ手に怯《おび》え、クソみてーな生活を何年もした。……そんななか、サスケ、あんたが五影《ごかげ》会談を襲撃したって話を聞いたんだよ」

その時のことを思いだすようにカリュウは目を細める。

「感動したよ。血継限界の運命に負けず、自分の思うままに生きるアンタの姿に。オレは、アンタみてぇになりてーと思った。だから、新たに仲間を集めて、暗雷団を結成したんだ。目的は……復讐だ！」

「………」

「初めは少なかった仲間も、第四次大戦後、徐々に増えてきた。争いが減ったことで職を失い、里を抜けた忍たちが合流してきたからな。そして、十分力をつけた今……復讐を決行したんだよ。オレたちを拒《こば》んだ村々になァ！」

そこでイオウが再《ふたた》び叫ぶ。

「だからといって、皆殺しにする必要があったのか！　この件には関係ない者たちだっていたんだぞ！　なんでこんなひどいことを……！」

「てめーらが、何の痛みも感じずにアホヅラ晒《さら》して幸せそーに生きている……それだけでムカつくんだよ！　だから全部ぶっ壊してやったんだ！」

カリュウの表情に猛烈な悪意がにじみ出る。

「復讐は楽しかったぜェ……てめーの娘が泣きながら命乞《いのちご》いをしてきたところなんか最高だったなァ！」

「……き、貴様あああああッ！」

イオウは「ワシが殺してやる！」と叫びながら飛びかかろうとした。ノワキが慌《あわ》ててそれを止める。

「……他に道はなかったのかい？」

ノワキの言葉に、カリュウは視線を落として、

「そうでもしなきゃ、オレが耐えられなかったんだ」

と答えた。

サスケはこの光景を苦《にが》い思いで見つめる。まるで昔の自分を見ているようだ。

興奮するイオウをノワキがやや強引《ごういん》に家へと帰す。イオウの家は壁が崩れ、あちこち破

壊されたが屋根とベッドはあった。体を休めることはできるだろう。

「…………」

サスケは倉を離れ、一人竹林に入ると、岩を見つけて腰掛ける。連絡用の紙を取り出し、竹ノ村で起きたことを簡潔に書《か》き記《しる》すと、口寄せで呼びだした鷹に託し、木ノ葉へと飛ばした。

暗雷団の処遇《しょぐう》についてはサスケ一人では決められる問題ではない。火影《ほかげ》であるカカシの判断を仰《あお》ごうと思った。

もとは忍大量失踪事件を調べるために行動していたが、木ノ葉からの返事が来るまでは、竹ノ村を離れるわけにはいかないだろう。

サスケは天を仰ぐ。竹の葉の向こうに、ぼんやりと浮かぶ月。

復讐を軸に巡り巡った憎しみの連鎖《れんさ》。救う手だてはあるのだろうか。

「……甘くないな」

そんな言葉が口をついて出る。

サスケは息を吐き、せめてこれ以上の悲劇を生みださないためにも、暗雷団の見張りへと戻った。

二

突如《とつじょ》起きた襲撃事件により、木ノ葉隠れの里はざわついていた。

なにせ、敵の明確な目的が見えない。その上、今後も同様の事件が起こる可能性がある。里の警備は強化され独特の緊張感が里には流れている。

幻術トラップにかかったアオバを救うために心転身《しんてんしん》の術を使ったいののダメージは予想以上に大きく、何日か入院することになった。

そんな幼なじみを見舞いにと、シカマルとチョウジが果物《くだもの》を持って病室を訪《たず》ねる。

「……あ？　サイ？」

「やぁ」

中に入ると椅子《いす》に腰掛け、スケッチをしているサイと、ベッドで眠るいのの姿があった。

「なんだ、お前も見舞いか」

背後からサイのスケッチブックを覗《のぞ》きこむと、花が描かれている。見れば病室の窓際《まどぎわ》の花瓶《かびん》にみずみずしい花が一輪《いちりん》ささっていた。

「……まさかお前が持ってきたのか？」

「いのの母親が持ってきたみたいだけど？」

「あ、あー……そりゃそうか」

見舞いに花なんてガラじゃねーよな、と言いながら、シカマルは果物を棚《たな》の上に置く。そんなシカマルの視線が、すぐ傍《そば》にあったゴミ箱に移った。

「………」

「食べないの、シカマル？」

「ん？　あー、いのが寝てんだ。我慢しとけ」

「ええー……」

チョウジはがっくりと肩を落としたあと、服の中からバナナを取り出し頰張《ほおば》る。どうやら自分の分を別に買っていたようだ。彼も秘伝忍術を使い、チャクラと脂肪《しぼう》が減ったため、カロリーを摂取《せっしゅ》しようとするのは仕方ないところではある。

「しかし、めんどくせーことになったな。木ノ葉だけじゃなく、霧と雲まで同じことが起きるなんてよ」

予備の椅子に腰掛けながらシカマルが言った。

木ノ葉隠れの里に幻術にかかった忍《しのび》が現われた夜、霧隠れと雲隠れも同じように戦っていたのだ。

他の二里に現れた忍は霧と雲の混合だったらしく、爆発してしまった忍も多い。

「情報を他里にすぐ送れたことで、これでもまだ被害は防げたほうだけどな」

電子メールによる情報の共有。デジタル化に関しては、未《いま》だ抵抗がある忍も少なくはないが、普通であれば数日かかる情報が一瞬で交信できるのだ。

「操《あやつ》られた忍は、行方《ゆくえ》不明になってた人たちだろうって話だったよね？」

「まだハッキリとは言えねェみてーだけどな。雲と霧が新《あら》たに資料を送ってくるそうだから、木ノ葉でも調査が進むだろ」

タダイチら自里の忍に関しては確認できているが、他の里のことまではまだ把《は》握《あく》しきれていない。

「幻術、まだ解けてないんだよね……」

二本目のバナナを食べながらチョウジが言う。

幻術をかけられた者たちは爆発の危険性を考慮し、木ノ葉から少し離れた施設《しせつ》に隔離されていた。

サクラが中心となって治療を進めているが、未だに体の中に巡《めぐ》っているという不審《ふしん》なチャクラの対応に苦慮《くりよ》している。

万が一に備《そな》えて奈良《なら》一族や日向《ひゅうが》一族の忍が常駐《じょうちゅう》しており、シカマルも、つい先ほどまではその任務に就《つ》いていた。

「サクラがもう少しで糸口が見えそうだとは言ってたけどな。……っと、人の病室でこんな話ばっかしても仕方ねーな」

いのには今、休息が必要だ。騒いで邪魔《じゃま》するわけにはいかない。シカマルは立ち上がると、こちらの話に入らず淡々と花の絵を描いていたサイを見下ろす。

「サイ、お前はどうするんだ？」

「暇だし、気に入った絵が描けたらボクも帰るよ」

サイはシカマルに向かってニコリと微笑《ほほえ》む。

見舞いのはずが病室でスケッチをし、しかも上手《うま》く描ければ帰るというのは奇妙な話だ。

だが、シカマルはその言葉に合点《がてん》がいったようにゴミ箱を見る。そこには未完成の絵が何枚も捨てられていた。

病室を出たあと、廊下を進みながら「わかんねーもんだな」とシカマルがぼやく。

「わかんないって、何が？」

「いや、なんつーのかな……」

出会った当初は、感情の感じられない笑顔を浮かべていたサイ。そんな彼に起きた変化。

人生、何が起きるかわからないものだ。

歯切れの悪いシカマルを見て、チョウジがふふ、と笑う。

「シカマルだってアレじゃない」

「アレ？　アレってどれだよ」

「ほら、シカマルも『花なんて』とか言ってたけど……」

「やっぱいいわ、勘弁《かんべん》してくれ」

チョウジが何か言おうとしたのを遮《さえぎ》って、病院を出る。眩《まぶ》しい日差しに目を細めていると、視界の中、一羽の鷹《たか》が通った。

「…………」

シカマルは不眠不休で治療にあたっているサクラの姿を思いだす。

――あいつらは、どうするつもりなんだろうな。

かつて抜《ぬ》け忍《にん》であるサスケの抹殺《まっさつ》許可をダンゾウが出したとき、うつろな目で涙を流していたサクラの姿が蘇《よみがえ》り、ふと、そんなことを思った。

「……野暮《やぼ》な話か」

「シカマル？」

「ん？　いや、なんでもねーよ」

火影《ほかげ》の執務《しつむ》室に直接やってきた鷹に真っ先に気がついたのは、霧隠れと雲隠れから到着したばかりの資料を手に取ったところのナルトだった。

「カカシ先生、サスケの鷹だ！」

ナルトは窓際へと駆け、サスケの鷹を部屋に招く。

「ああ、サスケからか……ちょうどよかった」

木ノ葉襲撃事件以降、里の用件や他里とのやりとりなどで忙殺《ぼうさつ》されていたが、サスケにも連絡しなければと思っていたところだった。

カカシは鷹から手紙を抜き取る。

「サスケ、なんだって？」

「湯《ゆ》の国で村を襲っていた〝暗雷団〟という盗賊団を捕らえたようだ。頭《かしら》は血継限界《けつけいげんかい》を持っていたようだな……」

サスケは火影の判断を仰《あお》ぎたいと書いてあった。なにせ現場は湯の国。湯隠れの里に対応を任《まか》せるか、木ノ葉で引き取るか、判断が難しいところだろう。

「これは湯隠れの里にも連絡しなきゃだね……」

カカシは頭の中で段取りを組む。

「相変《あいか》わらず愛想《あいそ》のねー手紙だな」

キシシ、と笑うナルトの表情はどこか嬉《うれ》しげだ。サスケの活躍を喜んでいるのかもしれない。

「おっしゃ、オレも負けてらんねぇってばよ！」

ナルトにとってサスケは永遠にライバルなのだろう。気合いが入ったようだ。資料を改めて手に取り、パラパラと捲《めく》る。

資料には今回の件で拉致《らち》された忍たちの顔写真があった。

昔であれば、こんな情報は回ってこなかっただろう。それぞれの里が他里に漏《も》れぬよう、隠蔽《いんぺい》していたかもしれない。五大国のいがみ合いが消えたからこその協力だと思いながら、カカシは椅子に座り直し、湯隠れの里へ手紙を書こうとする。

すると、ナルトが「んん……？」と首を傾《かし》げた。

「どうした、ナルト？」

「……一人だけ資料にねーんだ」

「資料にない？　どういうことだ？」

「操られた忍の中で、一人だけ資料にねー忍がいるんだってばよ！」

サッと資料を見ただけのナルトだが、そう明言する。ナルトは大雑把《おおざっぱ》だが聡《さと》いところもあった。それが、解決の糸口に繋《つな》がることも多い。

「ナルト、間違いないか確認してきてくれないか」

カカシの言葉にナルトは「わかったってばよ！」と開《あ》けっ放《ぱな》しだった窓から飛び出した。

里から少し離れた施設には医療器材が持ちこまれ、医療忍者が二十四時間態勢で対応にあたっている。

「……ナルト？」

内部に入ると、治療を続けていたサクラがすぐこちらに気がついた。その表情に疲れが見える。命を預《あず》かっている上に、一歩間違えれば爆発が起き、多くの犠牲《ぎせい》を出しかねない状況だ。一瞬たりとも気が抜けないのだろう。

そんなサクラのすぐ傍《そば》に、もう一人気心知れる顔がいた。

「ナルトくん」

「ヒナタ。そうか、今日見張りだったな」

ヒナタは「それもあるんだけど……」と言いながらサクラを見る。

「今ちょっと試してることがあってね、白眼《びゃくがん》の力を借りていたの。それよりアンタはどうしたのよ？」

「ああ、実は行方《ゆくえ》不明になったヤツの資料を見てたんだけどよ……」

資料にない忍の存在を彼女たちに話す。

「……なるほど。ちなみにどの人なの？」

サクラは細《こま》かく仕切られた部屋を見回す。

「えっと……」

ナルトは答えを探すように、各部屋の忍を一人ずつ覗きこんでいった。

「こいつだ」

ようやく見つけたのは、二十代後半の男。なぜか他の忍たちとは離れた部屋にいる。ナルトの言葉を聞いて、サクラはさっと表情を変えた。

「どうかしたのか？」

「……この人、他の忍に比《くら》べると体内に流れる異質なチャクラ量が少なかったの。だから、それを除去する作業を試みてて、あともう少しで成功しそうだったんだけど」

サクラが言うには、体内を巡る異質なチャクラの位置をヒナタに把握してもらい、サクラの医療忍術で傷を作らずにチャクラを取り除いていたらしい。

「でも、この人だけ資料がないなんて……。まさか首謀者《しゅぼうしゃ》に繋がっているんじゃ」

サクラの言葉を聞いて、ヒナタは男の体をじっと見た。

「そう考えると、この人だけ異質なチャクラが少なかったのも納得できるかも……。この人だけ操る必要がないってことだから」

サクラは心を落ち着かせるように息を吐き、男を見る。

「……私は変わらず治療を続けるわよ」

「わかってるってばよ」

サクラの医療忍者としての信念だ。成功すれば、他の忍たちも救うことができる。

サクラは治療を再開し、ナルトはカカシにこの件を伝達し終えたあと、再《ふたた》び戻ってきて治療を見守った。サクラとヒナタの額《ひたい》に汗が浮かんでいる。

「これが最後……上腕《じょうわん》動脈に到達……」

「わかった」

チャクラの流れを追っていたヒナタの言葉を聞いて、男の右肘《みぎひじ》に両手をのせ構《かま》えていたサクラがぐっと力を込めた。サクラのチャクラが男の体内、血管まで到達し、問題とされるチャクラを捉《とら》える。

「……ッ」

傷を作らぬよう細心《さいしん》の注意を払いながらそのチャクラを消滅させた。サクラは確認するようにヒナタを見る。ヒナタは男の体を全身くまなく透視し、しっかりと頷《うなず》いた。男の中に流れていた異質なチャクラを全《すべ》て抜き取ったのだ。

「二人とも、お疲れさまだってばよ！」

ナルトの言葉にサクラは明るく笑い、ヒナタもはにかむ。

「でも、これからどうするの？　カカシ先生は何か言ってた？」

汗をぬぐいながら尋《たず》ねたサクラに、ナルトは「ちょっと待っててくれ！」と部屋を出る。

「おーい、成功したってばよー！」

ナルトがそう声をかけると、やっと回復したのだろう、幻術トラップにかかり意識を失っていたアオバが入ってきた。

「アオバさん、大丈夫なんですか？」

サクラの言葉に「おかげさまでね」とアオバがサングラスをかけ直して答える。

「でも、どうしてここに」

「火影に、もう一度チャレンジさせてほしいと頼んだんだ」

「チャレンジって……また情報を読み取るってことですか？」

「ああ」

アオバもこのままでは引き下がれないのかもしれない。

「あの……体内を巡っていたチャクラは全て消えましたが、幻術トラップは残っているかもしれません……」

心配そうなヒナタにアオバが「大丈夫」と答える。

「なにせ一回経験しているから、幻術トラップの発動感覚も覚えてる。やばそうだったらすぐに抜け出すよ」

少々不安を感じるが、一度経験しているからこそ次は上手くいくかもしれない。それに、この資料がなかった男が事件にどう関与しているのか早急に調べる必要がある。

「それじゃ、いくよ」

アオバは男の額に手を伸ばし、意識の内へと飛びこんだ。

「……よし」

内部に入り目を開くと、今回は巨大な脳が鎮座《ちんざ》していた。

周囲の様子《ようす》を窺《うかが》うが、アオバを飲みこんだ赤い海はない。

「……今度こそ」

警戒は解かずに脳の中に手を差しこむ。

見え始める光景。それは夜だ。この男が波打つ岩壁に立っている。

一瞬警戒したが、何の変哲《へんてつ》もない海のようだ。

男の正面には細身《ほそみ》の青年が立っている。男がこの青年を『頭《かしら》』と呼んだ。頭と呼ばれた青年はこちらを振り返らない。

『……雷光団を解散してから、だいぶたちますね』

まるで独《ひと》り言《ごと》のように男は呟《つぶや》く。

『カリュウの奴《やつ》、新しく暗雷団ってのを作って、暴れてるみたいッスよ。あいつの恨《うら》みは村の奴らに向いたのかもしんないスね。……結局オレたちは、まっとうな道で生きられないんだ……』

寄せては引いていく波の音。男の顔に、悔《くや》しさがにじむ。

『早いところこんな世の中、オサラバしたいっスよ。だけど……死ぬなら忍に復讐してからだ……！』

男の拳《こぶし》がわなわなと震えている。忍への復讐。霧や雲の忍がそんなことを語るはずがない。この男が事件を起こした犯人の一人と見て間違いないだろう。

『……アムダ』

そこで初めて、頭と呼ばれていた青年が言葉を発する。アムダ、それがこの記憶の主《ぬし》の名前なのだろう。

『計画のために死んでくれるか？』

頭の言葉にアムダは頷く。

『当然スよ。最後にどでかい花火打ち上げてやります！』

その言葉を聞いて、頭がゆっくりと振り返る。

『アムダ。お前の死は無駄《むだ》にしない――』

この青年が首謀者だ。アオバはそう確信した。目をこらし、相手の顔を見ようとする。

「……ッ!?」

ところが、広がっていた青い海が、突如《とつじょ》色を変えたのだ。海だけではない、空が、木々が全て赤く色を変え始める。

「まずい！」

アオバは慌《あわ》てて相手の意識の中から脱出した。

「アオバさん！」

「大丈夫ですか？」

男、アムダの額から手を離し、逃《のが》れるように後退したアオバに、サクラとヒナタが駆け寄る。

「また幻術トラップだ……。これ以上読み取るには、時間と労力をかけないと難しい……。だけど今度は情報を手に入れた」

「ホントか！　敵がわかったのかッ!?」

アオバは息を整《ととの》えながら、

「こいつの名前はアムダ。忍に復讐を望んでいた」

「忍に復讐……？」

「ああ」

それで、里を襲ったというのか。

「更《さら》にこいつの頭がいた。元は、雷光団という組織にいたらしい」

「雷光団……、調べたらわかるかしら」

アオバは続けた。

「あと、離脱した仲間が暗雷団という名で活動しているようだ」

「……暗雷団!?」

ナルトが思わず叫ぶ。

「なに、アンタ知ってんの？」

「……いや、知らねー」

「なによそれ！　期待したじゃないのよ！」

サクラがこめかみに青筋《あおすじ》を立て、拳を見せながら怒鳴《どな》った。

「いや、でもなんか聞き覚えが……」

ナルトは額を人差し指でグリグリと押さえ、思いだそうとする。

「ナルトくん……誰かに暗雷団の話を聞いたとか……？」

おどおどしながら聞いてきたヒナタにナルトはハッと記憶が繋がった。

「サスケだ！」

「は!? なんでここでサスケくんが出てくんのよ！」

「サスケからの手紙だ！ カカシ先生んところにサスケの鷹が来てて、そんで、手紙の中に、暗雷団っつー盗賊団をやっつけたって書いてあったんだ！」

三

暗雷団に襲われ、多くの村人が傷を負《お》い、家を失った竹ノ村では、動ける村人による復興作業が進んでいた。

周囲にいくらでも生《は》えている竹を使い、カリュウの攻撃で家に開いた穴を塞《ふさ》いでいく。

死の恐怖を味わった村人たちにとっては、今、生きているだけでありがたいようだ。

そんななか、イオウは家の中にこもったまま出てこない。

「……なんかすっきりしない顔してるね。だいじょぶ？」

日が暮れ、村人たちが休むなか、サスケは異状がないか、暗雷団を収容した倉の中を確認していた。そこでチノが話しかけてくる。

チノとノワキも巻きこまれる形で村に残り、復興の手伝いをしていた。

「…………」

「また無視かい」

チノはヤダヤダと首を振ったあと、ポンと何かを投げつけてくる。何だろうと思って受け取ると、それはおむすびだった。

「ノワキがサスケにあげてこいってさ」

チノは用は済《す》んだとヒラヒラと手を振って背を向ける。

「おい」

「私の名前は〝おい〟じゃないんですけど！」

腹を立てながら振り返ったチノに、サスケは「……礼を言っておいてくれ」と伝えた。

チノはきょとんとしたあと「リョーカイ」と返す。

チノが去ったあと、サスケは自分の顔を押さえた。彼女が言うとおり、すっきりしない顔をしていたのだろうか。

サスケは村と距離をとるように竹林を抜け、土に太い根を張る木の幹を背に腰を下ろした。

今回の事件は、サスケにも思うところがある。

サスケの姿を見て、暗雷団を結成したというカリュウ。闇《やみ》に染まったサスケの行為を模《も》倣《ほう》して悪に走る者がいたのだ。これもまた、憎しみの連鎖《れんさ》の一つかもしれない。

贖罪《しょくざい》——罪《つみ》を償《つぐな》う旅。しかし、一度過《あやま》ちを犯《おか》せば、一生償うことなどできないのではないだろうか。

サスケの脳裏《のうり》に、木ノ葉隠れの里が思い浮かぶ。ただ、その木ノ葉の土を踏み、暮らす自分の姿は想像できなかった。

この旅は永遠に終わらないのかもしれない。


「……小娘」

チノがイオウの家に戻り、椅子《いす》に腰掛けノワキと話していると、奥の部屋にこもっていたイオウが姿を見せた。

「じーちゃん、起きて大丈夫なの?」

「……あいつらはどうなる?」

「あいつら?」

「暗雷団……カリュウの処遇《しょぐう》じゃ」

イオウはそのことしか考えられないのだろう。ノワキが気の毒そうにイオウを見る。

「……第四次忍界大戦後《にんかい》は、大きな戦《いくさ》が減り、五大国の忍《しのび》たちも様々なことに対して寛大《かんだい》になっているようだ。なかでも木ノ葉隠れの里……サスケの里は恩情的だと聞く」

「……言いにくいけど、カリュウの境遇《きょうぐう》は忍的には同情できる部分があるし……霧隠れのことも絡《から》んでくるから」

「殺されないのか」

イオウにとってはその一点が重要なのだ。チノは「多分ね」と曖昧《あいまい》に答える。

「……そうか……」

イオウは「夜風にあたってくる」と言い、家の外へと出ていった。


「ん……？」

竹林で休憩していたサスケだったが、馴染《なじ》んだ鳥の羽音が聞こえて顔を上げた。見れば、木ノ葉に送った鷹《たか》が戻ってきている。暗雷団の処遇が決まったのだろうか。

「いや、それにしては早いな……」

サスケは肩に止まった鷹から書状を取り出した。そして内容を確認する。

「……なんだと」

手紙には木ノ葉隠れの里が襲撃を受けたこと、それには先日の行方《ゆくえ》不明事件が絡んでいたこと、襲撃者の中に黒幕の一員と思われる忍がいたこと、そしてその忍が以前雷光団という組織に所属し、暗雷団のカリュウという男と面識があることが書き記《かしる》されていた。

「雷光団……カリュウが元いた義賊《ぎぞくだん》団の名だ」

その雷光団の頭《かしら》が、首謀者《しゅぼうしゃ》である可能性が高いという。そのため、カリュウら暗雷団から情報を聞きだしてほしいとのことだった。写輪眼《しゃりんがん》を使えば容易《たやす》く情報を仕入れることはできるだろう。

気がかりなのは、忍たちにかけられていたという幻術《げんじゅつ》と仕掛けられた爆発だ。

幻術をかけられ、木ノ葉、霧、雲に現れた忍の数は百を超えるという。それだけの量を一気に操《あやつ》るのは並大抵《なみたいてい》のことではない。

アムダという一味の男が入りこんでいたらしいが、恐らく誘導係程度のものだろう。

霧と雲を襲撃した者たちの中にも一人ずついて、早々に自爆したに違いない。

襲撃に里の忍と、別の里の忍を混ぜたのは、そのイレギュラーに気づかれないための措置《そち》だ。

木ノ葉は、幻術にかけられた木ノ葉の忍以外は全員救えたため、見つけることができたのだろう。

幻術との合《あ》わせ技《わざ》。一体どんな術を使ったというのだ。

捕まえた忍をどこかで自分だけの兵隊に変え、送りだしたとでもいうのか。

「……！」

サスケはハッとする。それではまるでカグヤのようだ。

神樹《しんじゅ》に繋《つな》がれた白《しろ》ゼツの姿が頭を過《よ》ぎる。

「いや、考えすぎか……」

今はとにかくカリュウから雷光団の情報を抜き出さなければならない。サスケはすぐさま立ち上がった。

「……？」

サスケの耳にバン、と弾《はじ》けるような音が聞こえた。

見れば村から火の手があがっている。まさかカリュウたちが倉から抜け出したのだろうか。サスケは即座に村へと戻った。

「……これは」

しかし、眼前に広がる光景はサスケが想像したものとは違った。

燃えていたのは村の倉。油でも撒《ま》かれたのか火柱があがり倉全体を包んで燃えている。

倉に使用されていた竹が熱され、バンバンと音を立て割れていた。

「どういうことだ！」

為《な》す術《すべ》もなく、燃える倉を見上げていたチノとノワキに気がつき、サスケが駆け寄る。

「サ、サスケちゃん。目を離したスキにイオウじーちゃんが火をつけたみたいなんだ」

チノは苦しげな表情を浮かべる。

「なんだと……イオウはどうしたんだ？」

「多分、一緒に……」

チノが倉を指さす。イオウが倉に入り、油を撒き、彼らもろとも火をつけたというのか。

「……暗雷団の処遇、聞いてきたんだ」

チノがぽつりと呟《つぶや》く。

「暗雷団は殺されないのかって。それで、木ノ葉は忍に甘いから、カリュウを殺すことはないんじゃないかって答えたら……」

サスケはクッと唇《くちびる》を嚙《か》みしめ倉を見る。

もはや手のつけようがない。

ようやく鎮火《ちんか》し、中を確認したが、どれがカリュウでどれがイオウかもわからない状況だった。

黒こげの死体を見下ろし、チノが言う。

「私が暗雷団を全員殺せばよかった」

その言葉は、サスケの心に暗い影を落とした。

第参章

CHAPTER 3

虚飾の歓声、嘆きの轟音

一

カリュウが属していた雷光団《らいこうだん》。彼らは、忍里《しのびざと》からも依頼を受けていたと言っていた。里からすればそれは闇《やみ》の繋《つな》がりだろう。汚いことであれば詳《くわ》しい者がいる。

サスケは単身、人目を避けるように洞窟《どうくつ》に構《かま》えられたアジトに向かった。

竹《たけ》ノ村《むら》はあの火災を受け、どこかホッとしているように見えた。自分たちを苦しめていた暗雷団《あんらいだん》が全員死んだのだ。そしてそれを達成したのは村長である。イオウの仇討《かたきう》ちが成功したことを、皆どこかで喜んでいるのかもしれない。

カカシはサスケに書状を送ったのと同様に、湯隠《ゆがく》れにも手紙を送ったようだ。竹ノ村を支援してほしいと書いてあったのだろう、そのおかげで湯隠れの忍《しのび》が復興の手伝いに現れた。

チノとノワキはやっと解放されたと言って旅に戻り、サスケはここにいる。

「……結構困るんだけどね」

アジトに近づいたところで、突如《とつじょ》サスケの前に男が立ちはだかった。顔には覚えがある。

「サスケ……だね。ボクは〝ヤマト〟と名乗っておこうか」

昔、ナルトらと共《とも》に大蛇丸《オロチまる》のアジトに乗りこんできた男だ。彼らの隊長を任《まか》されていた。

その彼が、今ここにいる。ということは、だ。

「大蛇丸がいるようだな」

大蛇丸は多くのアジトを抱《かか》えているがここで間違いなかったようだ。ヤマトはふぅと息を吐く。

「まいったな。用件を聞かせてくれるかい」

「大蛇丸に用がある」

「いや、それは察しがつくけど」

「…………」

「…………」

サスケが黙る。ヤマトも腕を組み黙りこんだ。徹底的に待つつもりなのだろう。これでは話が進まない。

「……木《こ》ノ葉《は》で起きた襲撃事件の首謀者《しゅぼうしゃ》に繋がる情報を大蛇丸が持っている可能性があ

る」

状況を簡潔に話すと、ヤマトは拍子抜《ひょうしぬ》けしたようだ。組んでいた手をほどき、頭を掻《か》く。

「六代目にはこの件、連絡したの？」

「結果が出れば報告するつもりだ」

「うーん、逐一《ちくいち》途中経過を送ってもらったほうが、こっちとしても連携とりやすいんだけどなぁ……」

ヤマトはサスケをじっと見る。

「でも、木ノ葉のために動いてるんだよね？」

ヤマトの問いに、一瞬、息が詰まった。

木ノ葉のために動いている、確かにそうだ。自分でも不思議なくらい自然と行動している。

里におらずとも、木ノ葉に関《かか》わっている。そんな感覚を覚えた。

「……ああ」

サスケの返事にヤマトは「仕方がないな」と言って道を空《あ》ける。

「……いいのか？」

「六代目にはボクから報告しておくよ。〝仲間〟だからね。信頼とチームワークの大切さは、君もカカシさんに教わっただろう？」

カカシ第七班。その頃の姿がサスケの脳裏《のうり》に蘇《よみがえ》る。

捨ててしまった大事なものを、もう一度初めから拾い集めているような気分だ。

「……すまない」

サスケはそう言って、大蛇丸のアジトの中へと足を踏み入れた。

蛇《へび》の皮を彷彿《ほうふつ》とさせる壁に、至《いた》るところに飾られた蛇のオブジェ。恐らくアレが監視カメラの役割も果たしている。大蛇丸も見ているはずだ。

「……久しぶりね、サスケくん」

黙々と進んでいると、アジトの最深部に到達するよりも早く、口元に笑《え》みを浮かべた大蛇丸が姿を現した。

大蛇丸は自来也《じらいや》、綱手《ツナデ》と共に伝説の三忍《さんにん》と呼ばれた男で、忍術に対する造詣《ぞうけい》の深さと、飽《あ》くなき探求心は、どの忍をも凌駕《りょうが》する。

その執念《しゅうねん》は蛇のようで、闇の深淵《しんえん》に触れ、人としての領域を超えた部分もあった。

「〝雷光団〟を知っているか」

前置きもなく単刀直入に聞くと、大蛇丸が「あら」と呟《つぶや》く。

「知っているのか」

「そうね、聞いたことがあるわ。でも、最後は霧隠《きりがく》れに〝退治された〟って話だったけど」

大蛇丸はクスリと笑う。その霧隠れが重役とのコネを作るために雷光団をはめたことまで把握《はあく》しているようだ。

「その雷光団の頭《かしら》が忍里を襲っている可能性がある」

「へぇ、雷光団の頭がねぇ……」

含みのある言い方にサスケの表情が険《けわ》しくなる。

「知っていることがあるなら全《すべ》て話せ」

「ふふ……アナタも相変《あいか》わらずね……それが人にものを頼む態度かしら？」

小首を傾《かし》げる大蛇丸にサスケは「さっさとしろ」と急《せ》かす。大蛇丸は更《さら》に笑みを深くすると「いいわ」と答えた。

「なんだか面白《おもしろ》そうな状況になっているようだしね……。雷光団の頭は確か血継限界《けっけいげんかい》の持ち主で、元は御屋城《おやしろ》エンの護衛団にいたはずよ」

「御屋城エン……？」

聞《き》き慣《な》れぬ名前だ。

「どこにも属さない男でね。忍でありながら、武器商人でもある男よ。金さえ積めば誰にでも武器を売りさばくものだから、死の商人なんて呼ばれていたわ。一代で莫大《ばくだい》な財を築《きず》いたやり手ね」

「そいつの護衛をしていたのか」

「護衛もそうだけど、御屋城と共に戦場に武器を調達していたの。戦《いくさ》の最前線にも現れる精鋭《せいえい》たちよ。暗部《あんぶ》に近いものがあるわね」

ならばその御屋城に話を聞けば雷光団の頭に近づけるだろうか。

「御屋城はどこにいる」

「さぁ。彼は私以上にアジトを持っているようだから。探すとなると難しいかもしれないわね」

サスケは大蛇丸をギロリと睨《にら》みつける。

「アンタがオレにわざわざ確証のない話をするはずがない」

サスケの言葉に、大蛇丸はククッと喉《のど》を鳴らした。

「信頼されているのかしら？　そうね。どこにいるかはわからないけど、おびき寄せることはできるわ。でもそれには……面倒なこともあるわよ？」

それでもやる？　と大蛇丸が問うてくる。

「何のためにここまで来たと思っている」

サスケの返事に大蛇丸はまた笑って「風を感じるわ」と呟いた。

準備に少し時間がかかる。

大蛇丸にそう言われ、サスケはしばしアジトで待機《たいき》することになった。

「サスケェ！」

「なに、ここに来るなんてなんか悪いことでも企《たくら》んでんの？」

「……久しぶりだな」

すると、かつて共に戦った鷹《たか》の面々が駆けつけてくる。

「香燐《カリン》は早い段階で君に気づいてたみたいで、ずっとソワソワしてたよ」

「なっ！　ウチは問題が起きねーか心配してただけだしっ！　勝手なこと言ってんじゃねーぞコラァ！」

昔と変わらず揉《も》めだす水月《スイゲツ》と香燐。そんな二人のやりとりを見ながら、重吾《ジュウゴ》が、

「ずっと旅を続けているのか？」

と近況を聞いてきた。

「……ああ」

サスケの言葉を聞いて、騒いでいた香燐が思わず口を閉ざす。

「木ノ葉には帰ってねーの？」

何かを心配するように尋《たず》ねてきた彼女に、水月が「やっぱサスケのことが気になってしようがないんじゃん」と横やりを入れた。

「マジでうっせーな、てめーは！」

新《あら》たな騒動が始まりそうになったところで、大蛇丸が姿を現す。

「アナタたち、うるさいわよ。サスケくん、準備が整《ととの》ったわ。行きましょうか」

「大蛇丸様、どこか出掛けるんですかァ？」

香燐の質問に大蛇丸が目を細める。

「サスケくんとちょっと海にね」

大蛇丸の言葉に香燐たちが一瞬黙った。

「え、ええ──ッ！　サスケと海に……」

「アナタたちは留守番よ」

制するように言われて香燐が肩を落とす。水月は「大蛇丸様と海ってなんか想像つかないスね」と引きつった。

「待て、オレも初耳だ」

進みだした大蛇丸のあとに続きながらサスケが眉《まゆ》をひそめる。

「正確に言えば、海に浮かぶ孤島よ。そこに、金持ちの娯楽場があるの」

「……そこに御屋城がいるのか」

「エサに食いつけば、ね」

大蛇丸は意味深《いみしん》な笑みを浮かべた。


サスケが立ち去ったあと、水月は「サスケが他人のために動くとはねー」とどこか感慨《かんがい》深《ぶか》そうに呟く。

「元は木ノ葉の忍だ。他人というわけでもないだろう」

重吾の言葉に水月は「でもさー」と声をあげる。

「木ノ葉には帰ってないんでしょ。やっぱ居づらいのかな?」

水月の疑問に、香燐が「わかってねーな」と言って水月を睨みつけた。

「デカイ戦争がなくなったって、ヤバいヤローはいくらでもいんだろ。サスケがあの瞳《ひとみ》を持っている以上、狙《ねら》ってくる奴《やつ》もいる」

うちは一族の生き残りとして右目に写輪眼《しゃりんがん》、左目には輪廻《りんね》眼《がん》まで持っている。サスケの瞳は、力を欲する者にはこの上なく魅力的だ。かつての大蛇丸がサスケの体を欲したように。

「里にいればサスケを狙って里を襲う忍も出てくるだろ。だから〝うちはサスケは木ノ葉にはおらず、常《つね》に世界を放浪してる〟って周《まわ》りに示すことで、里に被害が及ぶ可能性も減るってわけ」

「里に深く関《かか》われば、サスケの関係者から情報を抜き取ろうとする奴も現れるかもしれないしな」

　重吾の補足に、水月は、

「サスケと関係ある奴なんて、みんなバカみたいに強いんじゃないの？　容易《たやす》く情報抜き取られたりしないでしょ」

　と首を捻《ひね》る。

「そうとは限らない。里にいれば、幼い子供たちと顔を合わせることもある。その子供から情報を抜き取ろうとする奴もいるだろう」

　重吾の言うとおり、目的のためならどこまでも非道になれる忍がこの世界にはまだいるのだ。何が利用されてしまうかわからない。

「大蛇丸様の研究対象には、うちはイタチに心酔するあまり、イタチを殺したサスケを恨《うら》んでるよーな奴もいたし。里に極力情報を残さないようにしてんじゃねーの」

「サスケがそこまで色々考えるかねぇ」

香燐の言葉に水月はどこか半信半疑だ。

「よくわかんないけど、それならサスケはずっと旅を続けんの？」

水月の言葉に、重吾は「そうなるのかもしれないな」と答えた。

それを聞いて、香燐の視線が落ちる。

香燐の脳裏に、里を抜け、闇に近づくサスケを目《ま》の当《あ》たりにしながら、それでも想《おも》わずにはいられず涙をこぼした女の姿が過《よ》ぎった。


「…………」

香燐は自室に入ると机の中から写真を一枚取り出した。昔、鷹で行動していたとき、香燐がねだって無理矢理撮《と》ったものだ。どうせなら二人きりで撮りたかったが、水月と重吾もいる。

その写真を香燐はじっと見つめた。

「……何見てんの？」

そんな香燐の背後から、水月が無遠慮に覗《のぞ》きこんできた。

「……っざけんな、てめェ！　デリカシーってもんがねーのか！」

「ガフッ！」

香燐は水月の顔に裏拳《うらけん》を入れる。水月の顔が液体に変わり水が飛び散った。香燐は眼鏡《めがね》を持ち上げながら慌《あわ》てて叫ぶ。

「別に、もしかしたらアイツ一枚も写真持ってねーんじゃないかとか思ってたわけじゃねーしッ！」

「アイツ？　アイツって誰？　サスケ？」

「サスケ？　あ、いや……うるせー!!」

今度は思いきり蹴《け》り飛《と》ばす。

「出てけこのバカ！」

香燐は殴《なぐ》り蹴り飛ばしながら水月を部屋から追い出した。水月の気配が遠のいたところで、再《ふたた》び写真を見る。

「……もし、また会うことがありゃ聞けばいいか……。写真複製くらい簡単にできるし」

桜色の髪の女にまた会うことがあるかどうかわからないけれども。香燐は写真を机にしまった。

二

一番近い港から船に乗り、たどり着いた島から更《さら》に小さな船へと乗《の》り換《か》える。進むうちにあたりは霧に包まれ、視界が悪くなってきた。船頭は、慣《な》れているのか無言で船を漕《こ》いでいる。

「……しかし、アンタがこうやって自由に動けるってのも奇妙な話だな」

霧の中、船の進む先を見つめながらサスケが言う。木ノ葉崩《くず》しに四代目風影《かぜかげ》暗殺。他にも様々な大罪を犯《おか》してきた大蛇丸だ。

「あら、それをサスケくんが言うの？」

風に煽《あお》られる波を眺めながら大蛇丸が返す。大蛇丸が言うように、サスケも本来であれば投獄《とうごく》されていた身の上だ。

「それに、第四次忍界《にんかい》大戦の戦犯の一人でもあるカブトだって、今、外の世界で生きてるのよ？」

大蛇丸の優秀な右腕であり、自分が何者なのかを知るために様々なものを体に蓄積し続けていたという薬師《やくし》カブト。

彼が行った禁術、穢土転生《えどてんせい》により、忍界は破滅の道をたどりかけた。彼の行為、奪《うば》った命、全《すべ》ての悪事が許されるかと言えば否《いな》だろう。

カブトの過去の行為を憎む者はいるだろうし、カブトの未来を不安視する者もいるに違いない。生かしておけばまた同じ過《あやま》ちを犯すのではないかと。

「私に比《くら》べれば、カブトのほうが悪に走る確率は低いでしょうけどね」

「なぜそう言いきれる？」

「ふふ……うちはイタチの力を信用できないの？」

サスケは押し黙る。

カブトの穢土転生の術により蘇《よみがえ》ったイタチは、その術を解くためカブトと戦った。その時、カブトに使ったのがイザナミだ。この術は、己《おのれ》を見つめ直し、自分自身を認めない限り解けないという。

しかし、カブトがどうやってあのイザナミの術中から抜け出したのか、彼の強烈な姿を見たサスケには想像しにくかった。

「ああ見えて、カブトにも繋《つな》がりを持つ人はいたのよ。それが術を解放するしるべになったんでしょう」

「繋がりを持つ人？」

「ええ。戦争孤児だったカブトを助けた女がいたの」

カブトの過去など知らなかったサスケは、それに驚く。

「元は木ノ葉の忍《しのび》で、しかも〝根《ね》〟に在籍し、諜報部《ちょうほうぶ》一のエリートだった女よ。〝根〟においては異質とも言える清廉《せいれん》さを持っていたわ……。でも、〝根〟を抜け、孤児院で働いていたの。カブトはそこにいたわ」

「………」

「カブトは彼女やその孤児院の力になりたい一心で戦争に巻きこまれていった。私に目をつけられたのも運の尽《つ》きだったんでしょうけど」

大蛇丸は悪びれることなくそう言う。

「結果的に、カブトは木ノ葉の闇《やみ》を背負《せお》わされ、自《みずか》らの手で想《おも》い慕《した》っていた彼女を殺すことになったわ。そこからは私の忠実な部下ね。どんな汚いことでも平気でやってのけた。でも、のちに穢土転生の術で名のある忍を全てかき集め利用したとき、彼女にだけは触れようとしなかったようね。彼女の忍としての力はいくらでも使い道があったでしょうに。カブトの人としての感情が全てそこに凝縮《ぎょうしゅく》されていたのかもしれないわね」

――こいつは昔のオレに似ていた。

サスケの脳裏《のうり》に兄の声が蘇る。イタチがカブトにイザナミをかけたあとの言葉だ。イタチはカブトと自分を忍の世に翻弄《ほんろう》された者同士と言っていた。

——カブトにはオレとは違い死ぬ前に気づいてほしい。

サスケは、イタチとカブトが似ているとは思わなかった。今でも、似ているとは思えない。

ただ、カブトにはカブトにしかわからない痛みがあったのだろうかと想像することはできる。

「カブトには伝わらなかったけど、彼女もまたカブトのことをずっと想っていたわ。イザナミの中、そんな彼女の想いに気づいたのかもしれないわね」

カブトはこれから一体どんな道を歩《あゆ》んでいくのだろうか。彼にとって大事だったその女性が彼の進む道を照らすのだろうか。

「あとは……常識で対処できないことが起きたときのための保険でもあるのかもしれないわよ」

「保険……？」

「どの時代も異端児は現れるもの。その時、私たちのような非人道的な力が必要な場合もある。正しさだけでは守れないものもあるんだから。だったら上手《うま》く飼《か》い慣《な》らしたほうがお互いのためになることも……」

そこまで言って、大蛇丸がフッと笑う。

「……どうした？」

「アナタのお友達はそんな駆け引き一切《いっさい》頭にないでしょうけどね」

ナルトのことだろう。

「……そうだろうな」

サスケの返事に大蛇丸は目を細めた。

「さて……見えてきたわね」

大蛇丸は顔を上げる。船の先、霧に紛《まぎ》れた中から、外周を断崖《だんがい》絶壁で囲《かこ》まれた島が見え始めた。

船頭はその壁にできた、狭い洞窟《どうくつ》の中に入る。船は島の内部へと進み、空が開けたところで船着き場が現れた。

「よーうこそいらっしゃいませぇーッ！」

すると、煌《きら》びやかな衣装を着た男が出迎えに現れた。見れば島にはやたらと豪華な建築物が並び、行《ゆ》き交《か》う人々も派手に着飾っている。外から見た鬱蒼《うっそう》とした雰囲気が嘘《うそ》のようだ。

「ここは〝地図にも載《の》らない孤島〟よ」

大蛇丸はそう言って、建物の間を進んでいく。すると、ひときわ目立つドーム状の建造物が見えた。

「……闘技場……？」

「ここでは〝コロシアム〟と呼ばれているわ」

客席に上がると、一目で富裕層だとわかるような人々が座っている。その異様な熱気に眉《まゆ》をひそめていると、コロシアムの中心に主催者らしき人間が姿を見せた。

「本日はご来場ありがとうございます！　勝者に栄光、敗者に絶望！　ルールは簡単、自分の手札《てふだ》と相手の手札を戦わせるだけ！　そして勝ったほうがどちらも手に入れることができる弱肉強食シンプルスタイルとなっております！」

なんだかきな臭《くさ》いことになってきた。

「……どういうことだ、大蛇丸」

「あの説明どおり。ここにいる人たちがお抱《かか》えの忍を戦わせて、勝ったら相手の忍を手に入れることができるのよ」

「まさかこれが金持ちの娯楽場か」

嫌悪《けんお》感をあらわにしたところで、戦いが始まる。興奮した富豪たちの歓声があがった。

「まるで見せ物じゃないか……」

大蛇丸はふふ、と笑う。

「サスケくんは中忍《ちゅうにん》試験を覚えているかしら？　あれもいわば戦争の縮図、忍里《しのびざと》がどれだけ優秀な忍を育成し、どれほどの戦力を持っているか内外にアピールする場でもあった。これもそうよ」

大蛇丸の視線が客席を見る。

「優秀な忍を雇《やと》えるだけの財力があることを示しているの。ここにいる富豪たちは闇側の人間。力を誇示し、権威を保《たも》つことで物事を有利に動かそうとしているのよ。そういえば海運会社ガトーカンパニーのガトーも常連だったらしいわね」

それはかつて波《なみ》の国を牛耳《ぎゅうじ》っていた男の名前だ。あの男の卑劣《ひれつ》な人間性をサスケは覚えている。ここにいる富豪たちも、ガトーのような者が多いのだろう。やはり嫌悪感がこみあげる。

「でも、御屋城エンはここにくらいしか姿を見せないのよ。しかも、欲しい手札がなければ現れない」

そうこうしているうちに、試合の決着がついたようだ。戦っていた忍がはけ、司会者が高らかに次の対戦カードを叫ぶ。

「それでは次は、御屋城エンのフツと、大蛇丸のサスケだあああッ！」

聞いて、一瞬固まった。

「……どういうことだ」

「エサに食いついてくれたようね」

「どういうことだと聞いている」

苛立《いらだ》つサスケに大蛇丸の笑顔は変わらない。いや、むしろ楽しそうにしている。

「言ったでしょう、御屋城は欲しい手札がないと現れないって。彼ね、血継限界《けっけいげんかい》コレクターなの」

「血継限界コレクター……？」

「そう。珍しいものが好きな男でね。写輪眼《しゃりんがん》を持つサスケくんなら、喉《のど》から手が出るほどに欲しいでしょうね」

どうやらエサとはサスケのことだったようだ。

「会場内にいるとわかれば探せばいいだけじゃないのか」

「御屋城は用心深い男だからどこにいるかはわからないわ。彼は医療忍者でね。それこそカブトを想像してもらっていいわよ。姿形はもちろん、匂《にお》いを消すのも難なくこなすわ。ただ、試合終了後の手札譲渡《じょうと》の場には必ず出てくる。それがここのしきたりなの」

彼に会うにはここで戦うほかないらしい。サスケはチッと舌を打つ。

「おっと、棄権《きけん》ですかー?」

御屋城はこちらの出方を窺《うかが》っているのか手札の忍を出してこない。サスケは大蛇丸を睨《にら》みつけると「すぐに終わらせる」と言って闘技場へと飛んだ。

サスケの出現に場内のボルテージは上がる。

「………」

それに応《こた》えるように闘技場の上に蒸気《じょうき》が現れ、人の形を成《な》した。現れたのは十代後半の少年。御屋城の忍、フツだ。

「では、始めッ!」

合図と共《とも》にフツが一気に距離を詰めてきた。手は素早《すばや》く印《いん》を結び、フツの頬《ほお》がふくらんだかと思えば、口から、霧のような物体が吐き出される。

「………!」

サスケはそれを受けないように後方へと飛んだ。微《かす》かに酸の匂いがする。

「なるほど、血継限界コレクターか……」

距離をとったサスケがフツを見る。

「沸遁《ふっとん》の巧霧《こうむ》の術だな」

「……! なぜそれを……」

血継限界は希少なため、その術に対する知識や経験が乏《とぼ》しくなりがちだ。それを狙《ねら》って先手を打てば、優位に立てることも多い。だからフツは即座に攻撃してきたのだろう。

「昔、その技《わざ》を体験したことがある」

だが、サスケはその技を知っていた。これは人をも溶《と》かす酸の霧。以前、水影《みずかげ》・照美《テルミー》メイと戦闘になった際、彼女がこの術を使っていたのだ。水影はサスケの須佐能乎《スサノオ》まで溶かしてみせた。

しかし、このフツの術は、水影ほどの威力はない。ならば恐れる必要もない。

「……！」

今度はサスケが開けていた距離を詰める。フツはサスケではない誰かの視線を気にするように怯《おび》え、もう一度、巧霧の術を放《はな》とうとした。

——写輪眼を見せるまでもない。

なにより、この下卑《げび》た空間で写輪眼を出すのはプライドが許さなかった。

「火遁《かとん》・豪火球《ごうかきゅう》の術！」

サスケの口から灼熱《しゃくねつ》の炎が飛び出す。シンプルながらも炎は相手の霧を圧倒し、フツを飲みこんだ。

「ぎゃあああ！」

跳《は》ね返《かえ》った霧とサスケの炎にフツが悲鳴をあげる。

「勝負あり、サスケ！」

サスケが宣言したとおり、勝負はあっという間《ま》についた。コロシアムの担当者たちがフツの対処にあたる。医療班もいるようだ。重傷まではいかないだろう。

「サスケさん、お疲れさまでした。では、こちらに」

係の者に促《うなが》され、サスケは闘技場の奥へと進む。途中、大蛇丸と合流した。

「さすがね」

「ふん」

案内されたのは贅《ぜい》の限りを尽くした部屋。絢爛《けんらん》豪華な調度品が並んでいる。係の人間に椅子《いす》を勧《すす》められたが立ったまま待っていると、少し後《おく》れて男が入ってきた。

「やーだなー、チラッとくらい写輪眼拝《おが》めると思って参加したのにさー！　まさかの未使用なんだもんなぁ！」

相手は武器商人。ガトーのように見るからに陰湿な男が来るのではないかと思っていたのだが、予想に反して男は明るい。年は四十代くらいだろうか。背が高く、整《ととの》った顔をしているものの、奇抜なデザインのサングラスがそれを台無しにしている。

「ひどいですよ大蛇丸さんー。しかも何年かぶりに参加したのに。あんなすぐにやられたらこっちのメンツも丸潰《まるつぶ》れじゃないですかぁ」

泣《な》き言《ごと》を言いながらも男はへらへらしている。彼はサスケに視線を移し、ニコリと笑った。

「こんちはー。ボク、御屋城エン。よろしくね」

御屋城はサスケに握手を求めるように手を伸ばしてきたが、サスケはそれに応えなかった。それでも彼は楽しそうに笑っている。

「……本当にこいつが御屋城エンなのか」

想像とだいぶ違うが、大蛇丸は「間違いないわ」と答えた。

「あーあ。うちの可愛《かわい》いフツを無償《むしょう》トレードしなきゃなんないんだよねー。じゃあ契約書に……」

「それは必要ない」

仲介者《ちゅうかいしゃ》らしき人間が持ってきた契約書に印《いん》を押そうとした御屋城をサスケが止める。

「おやぁ？　どーゆーことかな？」

「アンタに聞きたいことがある」

サスケの言葉に御屋城はふーんと鼻を鳴らし、傍《そば》にあった椅子に深々と腰掛けた。そして「ドーゾ」と続きを促してくる。

「雷光団を知っているか？」

御屋城はサングラスの奥の目を微《かす》かに開いた。

「知っているよ。何度も命を狙われていたからね」

「命を狙われていた？」

「そだよ。ボクってば恨《うら》まれてたから」

雷光団はあくどい者たちを倒し、金を巻きあげ、貧しい者に配っていたという話だったが、そうなった原因がこの御屋城にあるのだろうか。

「その頭《かしら》が、忍を拉致《らち》し、幻術《げんじゅつ》をかけ、忍里を襲撃させた可能性がある。死傷者も出た」

「へぇ……随分《ずいぶん》大それた真似《まね》するようになったもんだね、風心《フウシン》も」

「風心？」

「彼の名だよ」

それが、雷光団の頭の名前らしい。

「元はよその子だったんだけどね。ここで勝ち取って、うちの護衛団になってたんだ。生まれは水《みず》の国だったはずだよ。とは言っても、霧隠れの里がある本土とは違って、周辺の小さな島の出身だけどね。島の人たちに恐れられて、小さい頃に売り飛ばされたみたいだ」

「売り飛ばされた……？」

眉《まゆ》をひそめるサスケに「血継限界ってそんなもんじゃない？」と御屋城が言う。

「特異な力なんて弱者にしてみれば恐怖でしかないでしょ。異《こと》なるってだけであらぬ疑いをかけて蔑《さげす》み差別し、最終的には排除しようとする。生まれ出た時点で損してるようなもんだね」

御屋城の目が、サスケを値踏《ねぶ》みするように動いた。

「ボクは好きだけどね、血継限界。だってほら、強いし、レア感があっていいじゃない？　だから色々集めて護衛団に入れてたんだ。レア度を上げるために、一人だけ残して皆殺しにしちゃったこともあるんだ」

まるでオモチャを語る子供のようだ。

「生まれが生まれだから反抗的な子が多かったよ。ボクが医療忍術を使えなかったら飼えなかっただろうね。風心は比較的従順でいい子だったけど、ある日突然、他の子たちを連れて逃げだしちゃったんだ。なんで逃げちゃったんだろうなぁ。毎日餌《えさ》をあげてたし、お小遣《こづか》いもあげてたのに。ま、逃げられたとき、興ざめして、それ以降は血継限界コレクトやめちゃってたけどね。扱《あつか》いづらいんだよなぁー、血継限界ってさ」

忍里の襲撃犯を追っているはずなのに、これでは誰が悪いかわからなくなってくる。

「……ろくでもない人間だな」

思わずこみあげた言葉に御屋城はサングラスの奥で目を細める。

「でも、君に協力してくれている大蛇丸さんも、ここで珍しいもの手に入れてたよ。君はその人たちを助けてあげていたのかな？」

考えてみれば、大蛇丸はあちこちから珍しい実験体を手に入れてきていた。こういった場所を利用していてもおかしくない。

過去に一度大蛇丸を殺した際、大蛇丸に囚《とら》われていた人々を解放したが、それ以前に犠《ぎ》牲《せい》になった者も多いのだろう。

「ボク、思うんだけどね。被害者にしてみれば、加害者も第三者も一緒。自分を救ってくれなかった人たち、それで一括《ひとくく》り」

「………」

「そして君は今も、ここで行われているボクらの道楽《どうらく》を止めることなく去る。どう、共犯者じゃないかなぁ？　人のこと言えないよねー」

御屋城の言葉にサスケは黙りこんだ。

戦闘の最中、フツは誰かの視線を気にしていたが、恐らくこの御屋城を恐れてのことだったのだろう。

しばし考え、そして決める。

「……アンタのフツはどういう状況だ」

「おかげさまで命に別状はないよ」

「だったらもう一度戦わせろ。今回の勝利は情報に使った。もう一度勝って、今度はフツをお前の手から解放する」

椅子に深く腰掛けていた御屋城は体を前に倒して「へぇ」と呟《つぶや》く。

「それと、観覧席にいた奴らもだ。オレは全ての挑戦を受ける。うちはの目が欲しければかかってくればいい」

そう言いながらサスケは部屋を出る。

「あらあら、随分と気が立っているのね」

サスケのあとをついてきた大蛇丸がからかうように言う。

「だまれ」

「本当に戦うつもりなの？」

サスケは立ち止まり、大蛇丸を振り返った。

「……オレが全て解放する」

観覧席で覚えた不快感。それは、集まった富豪が、忍を人ではなくただの道具として見ていたことに起因する。この環境が生みだした悲劇もあるのだろう。

「すぐに終わらせる」

だったら断《た》ち切《き》ってやる。


写輪眼というエサの効果は絶大だった。

なんとしてでも手に入れようと金持ちが殺到し、休む暇もない。しかし、全て短時間で勝負をつけていった。

「どうするの、この人数」

契約書の印を眺めながら大蛇丸が言う。主人を慕《した》う者には無理《むり》強《じ》いするつもりはなかったが、ほとんどの忍が解放を望んだ。

「……ヤマトがどこかにいるはずだ。そいつに頼んで木ノ葉に引き取ってもらう」

大蛇丸の見張り役であるヤマトも恐らくこの島に潜伏《せんぷく》しているはず。

大蛇丸が「きっと大変なことになったと頭抱えて見てたでしょうね」と笑った。

サスケはヤマトに相談するため、いったん大蛇丸から離れる。

「すごかったねー。結局写輪眼見られなかったしさー」

その背後に御屋城が姿を現した。

「…………」

「あっは、無視かい！　いいじゃないか、少し話そうよ。面白《おもしろ》いものを見せてくれたおかげで、今、ボクはおしゃべりしたい気分なんだ。……風心のこととかもね」

わざとらしく臭《にお》わせてくる手口に不快感を覚えながらもサスケは御屋城を振り返る。

「風心がボクの屋敷から脱走したあと、彼の住んでいた島の住人がみんな殺されたらしいんだ。その後、不吉《ふきつ》な島として、近寄る人もいなくなった。やがて島は荒涼とし、次第《しだい》に人々の記憶から消えていく……」

御屋城はニッと笑う。

「消えた霧隠れの船が向かうにはぴったりじゃない？」

サスケはハッとする。

「……アンタ、どこまで知っているんだ」

「ただの空想、妄想話《もうそうばなし》だよ。そんなボクの夢のある話に付き合ってくれるなら、その島の場所を教えてあげる」

御屋城は付き人を呼びだし、巻物に地図を書きだした。

「……始末してもらえれば都合《つごう》がいいというわけか」

「風心はボク以前の飼い主を全員殺してるからね。ま、それでも彼は義賊《ぎぞく》なんてものになって、人と関《かか》わりたかったようだけど」

御屋城は閉じた巻物をサスケに手渡す。

「ボク、昔本気でうちはをコレクトしたいと思ってた時期があったんだ。会えて光栄だったよ」

サスケは巻物を奪うように取ると「この始末をつけたら次はアンタだ」と言った。

御屋城は表情を変えず、サングラスを押さえ、「サスケくん、目には気をつけたほうがいいよ」と言う。

写輪眼のことだろうか。サスケはそれには答えず背を向けた。

三

ヤマトに解放した忍《しのび》たちを託《たく》すと、彼は引きつりながらも「任《まか》せて」と答えた。

「ボクも他人《ひと》ごとではないからね」

何気《なにげ》なく呟《つぶや》かれた言葉に、彼の特異な体質と数奇《すうき》な運命を垣間見《かいまみ》た気分になる。

繋《つな》がれば相手を知り、自分の中の世界がほんの少し広がっていく。そうやって繋がりを実感すると、自然とナルトの姿を思いだした。

多くの人に支えられ成長していった忍だ。ナルトの〝世界〟は、一体どれほど広いのだろうか。ナルトが目指《めざ》す未来には、どんな風景が広がっているのだろうか。

サスケは自身のことを思う。自分が見たい風景は一体なんなのだろうかと。

暗闇《くらやみ》ばかり見つめていたこの目で未来を見通すのは難しい。

こうやって世界を旅するなかでも、人の闇ばかりが目につく。

だが、立ち止まっているわけにもいかない。

サスケは大蛇丸と別れると、単身、忘れられた島へと向かった。

誰のためなのか、何のためなのか、自分でも正確にはわからない。ただ、この事件を解決しなければならないという胸の奥からつきあがる感情があった。

「……あそこか……」

御屋城の地図を確認し、サスケが目をこらすと、海に浮かぶ小島が見えた。

島の中心に山があり、その周《まわ》りを森が囲《かこ》っている。海岸沿《ぞ》いには朽《く》ちた家が並んでおり、人の気配はない。

「………！」

しかしサスケの目は捉《とら》えたのだ。島の港に停泊する船を。恐らく百人は乗れるだろう。

サスケは写輪眼《しゃりんがん》でその船を視《み》る。すると、船に刻《きざ》まれた霧隠れの印《しるし》を見つけた。

「あれが消えた船か……」

サスケはその目で改めて島を視る。

「……いる」

朽ちた町の先、森の中に、人の気配がした。

サスケはチャクラを練《ね》ると船から下り、波の上に立つ。そのまま気配を消し、静かに島へと近づいていった。

「…………」

まずは霧隠れの船だ。サスケは波を蹴《け》り、船の甲板《かんぱん》へと乗りこむ。荒らされた形跡はない。血の一滴も落ちていなかった。

サスケは船から飛び下り、港に着地する。港には霧隠れの他にも、何艘《なんそう》か船が繋がれていた。ただ、霧隠れの船とは違い、小さな船がほとんどだ。

「……霧の船は目立つ。ここに停泊させ、奴《やつ》らは小船で移動していたのか……？」

サスケは港を通過し、荒涼とした村を歩く。家は嵐にでも遭《あ》ったのか、どれも屋根が吹き飛ばされ、窓や扉も破壊されていた。

村を通り抜けると、そこは森が広がっている。この森は高温多湿で肌がべたついた。木がうねり、巨大な草花が生《お》い茂《しげ》るこの場所では移動が困難だ。しかし、この先に人の気配がする。サスケはツタを払いのけ、その先を凝視《ぎょうし》した。

「……！」

すると、進むこの先、森の中心部に横たわる人がいる。一人ではない、複数名いた。その人々のすぐ傍《そば》に、見張りらしき人間が二人いる。

「…………」

瞳《ひとみ》は既《すで》に写輪眼。サスケは小さく息を吸い、彼ら目がけて駆けだした。

「……ッ！　誰だ！」

サスケの姿を捉えようとした見張り。しかしかえって好都合《こうつごう》。サスケは写輪眼で相手を幻術《げんじゅつ》にかける。

容易《たやす》く倒れた男の体を飛び越え、奥で印《いん》を結ぶ男と距離を詰めた。

「んのぉ！」

男は拳《こぶし》を振り上げる。触れられてはならない。瞬時に察し、浮き上がる根を踏みつけ、進んでいたのとは真逆《まぎやく》の方向へと飛んだ。

男の拳は空《くう》を切り、そのまま土を殴《なぐ》りつける。

「……ッ！」

ドォンと派手な爆発音が響《ひび》き、土がえぐれた。それは過去戦った、〝暁《あかつき》〟のデイダラが使っていた爆遁《ばくとん》に似ている。

「……だったら……」

サスケはクナイを取り出しチャクラを流しこむと相手に飛ばした。

「くッ、雷遁《らいとん》か！」

男の腕にクナイが突き刺さり、拳に込められていたチャクラが逃げるように消える。男はクナイを引き抜こうとしたが、その前に距離を詰め、男の頭に回《まわ》し蹴《げ》りを喰《く》らわせた。

「ガハッ」

男の体が土の上を跳《は》ねる。サスケは男を見下ろし写輪眼で捉えた。これで、見張り役は二人とも動けない。

サスケは横たわっていた忍のもとに駆ける。見れば霧と雲の忍装束《しのびしょうぞく》に身を包んだ者たちだ。息はあるが泥のように眠りぴくりともしない。

カカシの手紙によれば、木ノ葉を襲撃した者たちは体内に異質なチャクラが流れていたという。サスケは写輪眼で彼らの内部を確認した。

「ない……な」

カカシが書いていたような異質なチャクラは見あたらないようだ。サスケは手前にいた霧隠れの忍に幻術返しを試みる。

「ん……う」

するといるり、霧隠れの忍が意識を戻した。

「こ、ここは……」

「幻術返しはできるか」

額《ひたい》を押さえぼんやりとしている男にサスケは問う。

「幻術返し？」

「お前たちは囚《とら》われ幻術にかけられていた」

「あ、ああ……そうだ。オレは船の甲板で見張りをしていて……そしたら小舟が近づいてきて……」

男はその時のことを思いだすように言う。

「あとで聞く。今はここから離れることが先決だ」

サスケに言われ、男は周囲を見渡した。自分の隣に横たわる仲間たちを見て、ようやく状況を理解したようだ。

「げ、幻術返しですね、できます」

そして、仲間に幻術返しを施《ほどこ》そうとしたその時だった。

「ギャッ！」

突如《とつじょ》、霧の忍が声をあげ、彼の体を小柄《こづか》のチャクラ刀が突き抜け、血を飛び散らせる。

「い、痛い……！」

霧隠れの忍は左胸を押さえ、仲間の上に折《お》り重《かさ》なるようにうずくまる。何者かが彼の背後からチャクラ刀を投げつけたのだ。

そのチャクラ刀から、ふわりと風を感じる。サスケはそれに覚えがあった。

「……こんなところで、また会うとは思わなかったよ」

森の中から男が姿を現した。落ち着いた物腰、聞き覚えのある声。

「……まさかお前だったのか……」

そこにいたのは竹ノ村で出会った、ノワキだった。

後ろには複雑そうな表情を浮かべたチノもいる。

「『まさかお前だったのか』……とは？」

「……かつて雷光団を率《ひき》い、今では幻術をかけた人間に忍里《しのびざと》を襲わせた風心だ」

「…………」

サスケの言葉を聞いて、ノワキは懐《ふところ》から新《あら》たなチャクラ刀を取り出す。とっさにサスケは警戒したが、彼はその刃先で自《みずか》らの手首を斬《き》りつけた。ノワキは血が飛び散るのを気にもせず、反対側の手首も切る。

「……………！」

すると、彼の体がボコボコと変形し始めた。筋肉質だった体が細くなり、身長もいくらか縮《ちぢ》み、サスケとたいして背丈《せたけ》の変わらぬスラリとした青年の姿になった。

サスケはこぼれ落ちた血を見つめる。その血から、奇妙なチャクラの気配がする。彼は血液の中に特殊なチャクラを流しこみ、体を変形させていたのかもしれない。

その術の応用で、外傷をきっかけに爆発する起爆人間を作ったのではないだろうか。

「竹ノ村で君に出会ったときは面倒なことになったと思ったよ。それでも上手《うま》いことオレに繋がる可能性を持つカリュウを殺せてたのにな……」

ノワキはコキッと首を鳴らす。

「洗いざらい全《すべ》て吐いてもらうぞ」

「……できるかな？」

素直《すなお》に話すつもりがないのは、ノワキの表情を見たときにわかっていた。サスケは写輪眼でノワキの姿を捉えようとする。

一方ノワキは両手を合わせ印を結んだ。ノワキの周囲にブワリと風が舞い、木の葉や砂《すな》埃《ぼこり》が彼の体を隠してしまう。

「風遁《ふうとん》、か……？　いや」

ノワキも血継限界《けつけいげんかい》のはず。それに、留《とど》まることを知らず強くなるこの風は、風遁の域《いき》を超え始めているように思えた。

ノワキは未《いま》だ、風の中心で印を組み続けている。風の範囲は広く強くなっていく。

そして、印を結び終わったノワキが叫んだ。

「……颱遁《たいとん》、強風烈破《きょうふうれつぱ》!!」

「……くっ!」

ゴウ、と風が唸《うな》る。風の強さに拉致《らち》された忍たちの体が引きずられ、周辺の木々がしなり、サスケの体も浮かび上がりそうになった。まさに台風だ。

「さて……」

ノワキは羽織《はおり》を広げる。中には手のひらほどの大きさのチャクラ刀がびっしりと仕込まれていた。ノワキはそれを取り、チャクラを込めると無造作《むぞうさ》に放り投げる。

チャクラ刀は風にのり、サスケに襲いかかった。

「チッ……」

サスケは舌打ちして跳躍《ちょうやく》する。すると体が風にさらわれ吹き上げられた。

「!」

風の中にはチャクラ刀だけではなく、なぎ倒された木々がある。大木までもがサスケを攻撃する武器になった。

しかしサスケはそれを足場にし、飛《と》び交《か》うチャクラ刀を避《よ》けながら、なんとか着地する。

ただ、あまりの風の強さに、ノワキに近づくことはできない。

ノワキの風はこの島全体を覆《おお》うほどになりつつあった。暗雷団のカリュウや、コロシアムで会ったフツとは桁違《けたちが》いの強さだ。

考えてみれば、霧隠れの精鋭たちから仲間を逃がした雷光団の頭《かしら》。

ノワキは更《さら》に複雑な印を結び、そして放《はな》つ。

「とどめだ……猛風大烈破《もうふうだいれつぱ》‼」

ノワキの声と共《とも》に、回転していた風が、逆回転し始めた。膨大《ぼうだい》なエネルギーを貯《た》めるようにゆっくりと動いていた風が、次第《しだい》に加速していく。

「これは……」

風はゴォオと不気味な音を立て、巨大な刃《やいば》へと変わりサスケに迫《せま》った。刃はまるで稲穂《いなほ》を刈るカマのように、森の大樹《たいじゅ》を切り倒していく。

——須佐能乎《スサノオ》ッ！

発動させた万華鏡《まんげきよう》写輪眼。サスケの体を覆うように出現したのは羽をはやした巨大な鎧《よろい》武者《むしや》。

「くッ……！」

サスケは須佐能乎の剣で巨大な刃を受け止める。風の刃と剣が凌《しの》ぎ合《あ》う音が響き、二人の額《ひたい》に汗が浮かんだ。

「……ウオオオオ！」

サスケは瞳《ひとみ》に力を込める。須佐能乎がぐっと足を前に出し、体重をかけるようにして風の刃を押し始めた。須佐能乎の剣が徐々に風の刃に食いこむ。

「……くっ……」

ノワキは唇《くちびる》を嚙《か》みしめ、印を結んでいた手を離した。すると、風の刃は再《ふた》び風に戻って消えていく。

「終わらせない……！」

しかしノワキは即座に印を結び直した。風の回転が戻り再び激しい暴風があたりを包みこむ。須佐能乎も背後から風に押され、数歩よろめいた。ノワキ本人を倒さないことにはままならない。

サスケはノワキがいるだろう場所に視線を向けた。

「………」

そこで、ノワキが先ほどからほとんど動いていないことに気づく。風の中心、台風の目。

狙《ねら》うならそこだ。

　サスケはノワキに気づかれないよう須佐能乎の中から抜け出した。そして須佐能乎を維《い》持《じ》したまま離れると、ガリ、と親指を噛み、にじみ出る血をそのままに右手を地につける。

　――口寄せの術！

　ボンと現れたのは大蛇《だいじゃ》、アオダ。サスケに忠実な蛇《へび》だ。

「サスケ様いかように？」

「伸びろ！」

「わかりました」

　アオダの頭上から命令すると、アオダはサスケに言われるまま、頭を天へと突き上げる。巨大な体がノワキの風を突き抜け、サスケを青い空の下へと連れていった。

「よくやった！」

　サスケはそこから高く跳躍する。風の中心。台風の目。その中に突入し、手に雷撃《らいげき》、千《ち》鳥《どり》を纏《まと》う。

「……ッ!?」

　千鳥の鳴き声に気づいたノワキが驚き頭上を見上げ、サスケに向かって風を放とうとした。しかし遅い。

「ウオオオオオオオオ！」

雷光の輝きを放ったそれを、落下の勢いをそのままにノワキに叩《たた》きつける。

「ぐあああああッ！」

電撃が彼の体を突き抜け、ノワキの体が地面に叩きつけられた。結んでいた印がほどかれ、轟音《ごうおん》を立てていた風が一気に消える。そして、青空だけが残った。

「は……はぁ……」

瞳力《どうりょく》を使った影響で、サスケの息があがる。しかし、首謀者《しゅぼうしゃ》であるノワキを捕《と》らえ、その情報を抜き取らなければならない。

「……くそ」

ノワキはサスケの目から逃《のが》れるために起き上がろうとしたが、力が入らず崩《くず》れ落《お》ちた。

サスケはノワキのすぐ傍に立つと写輪眼で彼の目を捉える。すると、一瞬で膨大な量の情報が見えてきた。

彼の人生も走馬灯《そうまとう》のように流れていく。

ノワキは常《つね》に孤独だった。

島に来た大嵐を自分の所為《せい》にされ、ノワキの力に興味を持った富豪に売りつけられ、従順であれと富豪に拷問《ごうもん》され、逆らう気力をそぎ落とされて、望まぬ戦《いくさ》に駆りだされ、飼い主が楽しむためだけに命がけで戦わされる。

ノワキの力は強く、人々はその力を恐れて距離を置き、周囲に疎《うと》まれ邪険《じゃけん》にされた。

負けたことは一度もない。それだけが密《ひそ》かな自慢。

そんなノワキが、あのコロシアムの中央で、大の字になって倒れていた。

『オレは……負けたのか……』

呆然《ぼうぜん》としたノワキに向かって、ノワキの主《あるじ》だった富豪が罵倒《ばとう》の言葉を叫んでいる。しかし、ノワキの耳に入らない。

『そうだよ、負けたよ』

そんなノワキに声が落ちる。ノワキの目に、差し伸べられた手が映った。視線がその手のひらから、ゆっくりと顔へ移動する。そこにいたのは——

赤だった。

「……ッ！」

視界が突如《とつじょ》赤に変わる。ただただ赤い世界に引きずりこまれる。

「幻術か！」

サスケは目に力を込め、強引《ごういん》に打ち払った。

「……さすが忌《い》まわしきうちはの写輪眼」

ノワキの意識から離れ、現実に戻る。するとそこには、ノワキを肩に背負《せお》ったチノがいた。

その目が赤く染まっている。

瞳だけではない、眼球の全てが赤いのだ。写輪眼とは違う、初めて見る目だった。

「その目は……」

サスケの言葉に、チノの表情が険《けわ》しくなる。

「忘却という名の暴力だ。私たち血之池《ちのいけ》一族を絶望の淵《ふち》に追いこんだのはうちは一族だというのに……」

「なんだと……？」

チノの目がキッとサスケを捉える。すると、足下《あしもと》の土が赤い海へと変わり、サスケの体が沈みだした。

「くっ……！」

チノは波打つ赤い海の上からサスケを見下ろす。

「サスケちゃん。首謀者はノワキじゃない、私だよ。私が忍を起爆人間に変え、里へと送りだしたんだ」

サスケは「なぜこんな真似《まね》を……」と問う。チノはゆったりと首を傾けた。

「サスケちゃんは、人の話もろくに聞かず、質問にも答えなかったじゃない。こんな時だけねだられてもね」

チノは鼻で笑って目を閉じる。すると、その目から血の涙がつぅ、と流れた。

血の滴《しずく》が赤い海に落ちる。

「……！」

チノの涙に刺激され、海が突如、巨大な波を作る。それがサスケに襲いかかった。

「……ッ」

海の中に引きずりこまれ、天地がわからないこの場所でぐちゃぐちゃにかき混ぜられる。息ができない。

「……クソ！」

サスケは再び目に力を込めた。

「……ハァ……！」

ようやく幻術から抜け出し、大きく息を吸う。

肺に酸素を送りながら顔を上げると、そこにはもう、チノの姿はなかった。

第肆章

CHAPTER 4

赤き目が見つめる先に

一

突如《とつじょ》現れたチノの幻術《げんじゅつ》。気づいたときには彼女だけではなく、ノワキや彼らの仲間も姿を消していた。ノワキの颱遁《たいとん》で森は刈《か》り取《と》られ、島は惨憺《さんたん》たるものだ。

「……おい、大丈夫か」

しかしそんななかで、彼女たちに囚《とら》われていた忍《しのび》を何人か見つけることができた。

幻術返しで起こしてやると、すぐに意識が戻る。

ノワキの風に振り回された所為《せい》で、皆、どこかしら傷を負《お》っていたが、命がある。彼らは深くサスケに感謝した。雲《くも》の忍は、少し歯切れが悪かったが。

サスケは過去、雷影《らいかげ》の弟、八尾《はちび》のキラービーを襲い、拉致《らち》しようとした。のちに雷影とも戦い、雷影の片腕を奪《うば》っていた。彼らが慕《した》う里長《さとおさ》、雷影だ。複雑な気持ちになるのも仕方がない。

ひとまずサスケは彼らをそれぞれの国に帰すことにした。

まずは霧隠《きりがく》れ。次に、雲隠《くもがく》れだ。

そして雲隠れの里がある雷《かみなり》の国の港に着いたとき、ちょっとした事件が起きた。

「うおおおお、無事だったかお前たちいいいいいい!!」

「……雷影?」

「雷影様だ!」

「雷影様が迎えに来てくださったぞ!」

建築物を破壊しながら、雷影が港に向かって突進してきたのだ。忍救出の報を聞いて、いても立ってもいられず現れたのかもしれない。

雷影の傍《そば》には、側近《そっきん》であるダルイとシーの姿も見える。

屈強な体を持つ雷影は電光石火のごとく港に到着すると「よく無事だった!」と労《ねぎら》うように忍たちの肩を叩《たた》いた。骨が折れるのではないかと思う強さだったが、雷影直々《じきじき》に労ってもらい、緊張の糸がほどけたのか、雲隠れの忍たちの目に涙が浮かぶ。

サスケはそんな姿を横目に見つつ、スッとその場を去ろうとした。

「小僧!」

しかし、雷影に呼び止められたのだ。無視することもできず振り返ると、雷影は気難しい顔でこちらを睨《にら》んでいる。サスケはその姿を見た。羽織《はおり》で隠れているが、雷影の左腕はない。サスケの過去の行為が、雷影の未来にまで影を差している。

「…………」

雷影は何も言わない。それを見て、ダルイが口を開く。

「……悪いな。助かったぜ」

ダルイの中にもサスケに対する複雑な思いはあるだろう。それでも彼は雲隠れの忍を代表して感謝の意を述べた。ダルイの言葉に、シーも続く。

「幻術にかけられ里を襲撃していた忍については、木ノ葉《こは》の医療忍者が治療法を見つけて、全員救出できたそうだ。ただ、その治療には高い技術が必要だから、今、木ノ葉の医療忍者がこちらに向かっている」

木ノ葉には医療忍術で有名な綱手《ツナデ》がいるが、身軽さを考えれば恐らくサクラだろう。彼女もまた、必要とされる忍になったのだなとサスケは思う。

自分も立ち止まっているわけにはいかない。

サスケはチノを探すべく、再《ふたた》び足を踏みだした。彼女が使う奇妙な術を止めなければならない。

「どこに行くつもりだ！」

そんなサスケに雷影が問うてきた。

「……首謀者《しゅぼうしゃ》を探しに行く」

「ならば雲隠れも協力する。残虐《ざんぎゃく》な手段で里を攻撃した犯人だ！　早々に捕まえる必要がある！」

雷影は息巻く。サスケは首を横に振った。

「……いや。これはオレしかできない」

「なんだとォ！」

サスケの言葉に、一瞬でピリついた空気になった。雷影の怒《いか》りを感じながらもサスケは続ける。

「敵は特殊な瞳術《どうじゅつ》を持っていた。幻術に長《た》け、それでいてまだ能力は未知数だ。今回の行方《ゆくえ》不明事件で忍たちが為《な》す術《すべ》もなく拉致されたことを思えば、不用意に近づけば新《あら》たな犠牲者《ぎせいしゃ》を生むだけだろう」

話を聞きながら、雷影が口をへの字に曲げている。

「オレも幻術にかけられたが、自力で術を解くことができた。あの赤眼《せきがん》に対抗するには、オレの瞳《ひとみ》しかない」

赤眼。何気《なにげ》なく言ったワードだった。だがそれに、雷影が驚いたように口を開ける。

「……赤眼だと？」

「……ああ。敵は血のように赤い目を持っていた」

雷影は考えこむように視線を外《はず》し、再びサスケを見る。

「まさかそれは〝血龍眼《けつりゅうがん》〟の血之池《ちのいけ》一族では」

「知っているのか？」

チノは自分を血之池一族と名乗っていた。サスケの反応を見て、雷影は「お前は知らないのか」と逆に問うてくる。その意図が理解できない。

「……ふん。仕方ない、これくらいのことは話してやろう」

それは、千手柱間《せんじゅハシラマ》やうちはマダラがしのぎを削《けず》っていた時代よりも更《さら》に前の話らしい。

血之池一族。雷の国に住んでいた彼らは血龍眼という赤い血に濡《ぬ》れた目を持ち、血を使うことで様々な術を扱《あつか》うことができたそうだ。

特に幻術に長け、瞳に捕らわれたら最後、逃《のが》れることはできなかったらしい。

そんな血之池一族の娘が、雷の国、大名《だいみょう》の側室《そくしつ》として嫁《とつ》ぐことになった。気だてがよく美しい娘だったが、それに正妻が嫉妬《しっと》する。

不幸なことに大名は娘を側室にしてからほどなく病《やまい》に倒れ、死んでしまった。

『この女が嫁いだ所為《せい》だ！』

すると正妻が、全《すべ》て彼女の所為にしたらしい。血之池が大名をたぶらかし、果てには殺してしまったのだと。

ただのでっちあげ、一から十まで全て嘘《うそ》。しかし、血之池の特異な体質を知る周囲の者たちは、正妻の言葉を鵜呑《うの》みにした。

その結果、娘は一族ごと、地獄谷《じごくだに》という場所に追放されたそうだ。

「その時、大名の正妻が血之池一族を追いやるために雇《やと》ったのがうちは一族だ」

「……なんだと……」

「どの時代にあってもうちはの名は広く知れ渡っていた。なにより、特殊な瞳術を持つ血之池一族に対抗できるのは、写輪眼《しゃりんがん》を持つうちは一族しかいない。血之池はうちはに話し合いの場を求めたが聞かなかったそうだ」

木ノ葉で迫害され苦しみ続けたうちは一族もまた、誰かの迫害に加担《かたん》していた。それが戦《いくさ》というものなのだ。時に誰かを隅《すみ》に追いやり、不条理《ふじょうり》に踏《ふ》み潰《つぶ》してきたのだろう。

そこで、イタチの姿が蘇《よみがえ》る。

イタチにはうちはの功績だけではなく、うちはに潜《ひそ》んだ闇《やみ》も見えていたのだろう。だから何を責《せ》めるわけではなく、全て一人で受け止めて、憎しみが分散することのないように闇を抱《かか》えて死のうとしていたのかもしれない。

今回の事件に関《かか》わる者たちは、皆、自分の力ではどうすることもできなかった世界の不条理を背負《せお》わされ、闇に走っている。

罪《つみ》は罪に違いない。しかし、彼らを倒せばそれで終わる話なのだろうか。

「……小僧」

そこで、雷影が口を開く。

「昔、ナルトがお前のために、雪の中、両手をついて頭を下げたことがあった」

思いがけない言葉にサスケは目を見開く。

「お前が弟のビーを拉致し、ワシらの依頼で抜《ぬ》け忍《にん》として始末することをダンゾウが許可したときだ。ナルトはお前を始末するのはやめてほしいと、お前が友達だから、黙って見ていることはできないと言っておった」

「………………」

「己《おのれ》を知り、人を知り、二度と道を違《たが》えるな。お前が今、自由にこの世界を歩けている意味を感じろ。そして周《まわ》りを納得させる理由も作れ」

真《ま》っ直《す》ぐな言葉だった。

以前、サスケは五影《ごかげ》を処刑し、全ての里をサスケ自身が統括《とうかつ》しようとした。それが正しいと思っていた。

しかし、どこか乱暴ながらも里の忍に慕《した》われ、こうやってサスケにも助言する雷影を見ていると、もしあの時、五影を処刑していたら多くの者に憎しみを宿らせ、更《さら》なる陰《かげ》を作っていたのかもしれないと思う。

「地獄谷に追いやられていた血之池一族は忍の世界から姿を消し、全滅したと思われていた。しかし今、血龍眼を持つ者が現れたというなら、密《ひそ》かに生き残りがいたのかもしれない。地獄谷は湯《ゆ》の国にある。その場所は、うちは一族と湯隠《ゆがく》れの忍しか知らないはずだ」

湯の国。それは、サスケがチノたちに出会った場所だ。また、湯の国は、木ノ葉隠れの火《ひ》の国、霧隠れの水《みず》の国、雲隠れの雷の国、それぞれの里に比較的近い地理条件にある。

チノは地獄谷にいる。

なぜかそんな予感がした。

ただ、血之池一族を追放したというちは一族のサスケだが、地獄谷がどこにあるのかわからない。

「……湯隠れに口利《くちき》きをしてやる。あとはお前が結果を出せ」

雷影はフン、と鼻を鳴らし、里の忍たちのもとへ戻っていった。

サスケはその背に向かってわずかに頭を下げる。

そして、湯隠れの方角を見つめ、土を蹴《け》った。

二

休みなく駆けること数日、ようやく到着した湯隠れの里は、あちらこちらから温泉の湯《ゆ》煙《けむり》がのぼっていた。

湯煙のすぐ傍《そば》には湯宿が建ち並び、観光客で賑《にぎ》わっている。

里の忍《しのび》が治安維持《ちあんいじ》にあたっているため、安心して滞在することができるのだろう。国の要人らしき者の姿も見受けられた。

「木ノ葉のサスケさんですね。オレが地獄谷まで案内させていただきます」

既《すで》に雷影《らいかげ》から連絡が入っていたようで、湯隠れの中央機関を訪《たず》ねると、忍が一人、案内役として現れた。年は三十そこらだろう。

「しかし、こんな早くに到着されるとは……。ここから地獄谷までは少なくとも一日はかかります。少し休んでから行かれますか？」

「いや、今すぐに出たい」

休んでいる暇はない。サスケの言葉を受け、男は「わかりました」と頷《うなず》く。場所さえ教えてもらえば自分一人で行くつもりだったが、どうやら地獄谷はへんぴな場所にあるらしく、地元である湯隠れの人間でなければわからないようだ。

「そもそも、地獄谷は禁忌《きんき》の土地でして……」

森を進みながら男が説明する。

「本来、余所《よそ》の人間はもちろん、里の人間も近づかないようにと言われている場所です。血之池の災《わざわ》いが降りかかると……」

「血之池の災い？」

男はええ、と頷く。

「うちは一族によって地獄谷に追いやられた血之池一族は、朽《く》ちて死ぬしか道はないはずでした。なにせ地獄谷は草木も生《は》えぬ岩場で、火山ガスが充満し、人が生きていけるような場所ではないんです。ところが、血之池が地獄谷に追いやられてから数か月がたった頃、様子《ようす》を見に行った者が、見たのです」

「……何を？」

「何もなかった岩場に血の海が広がり、それをすする血之池一族の姿を」

サスケはチノの幻術《げんじゅつ》を思いだす。引きずりこまれたのは赤い海だった。

「幻術にかけられたのか」

「いえ、詳《くわ》しいことはわかっていません。ただ、それ以降、里は地獄谷を禁忌の土地として、近づくことを禁じました。そして、湯隠れの忍たちは地獄谷の存在を忘れていったのです。どこに地獄谷があるかさえわからなくなりました」

ならばどうして今、地獄谷へと続く道を彼は知っているのだろうか。

話の矛盾《むじゅん》にサスケが頭に疑問符を浮かべていると、男は視線を落とす。

「近年になって、再《ふたた》びその地獄谷を見つけた者がいました。名を飛段《ヒダン》といいます。のちに〝暁《あかつき》〟のメンバーとなり、忍界《にんかい》に戦火を広げた一人です」

まさかここで〝暁〟の話が出てくるとは思わなかった。兄、イタチが所属し、サスケも一時期身を預《あず》けていた組織だ。

ただ、サスケが〝暁〟にいた頃は、既に多くのメンバーが欠《か》けており、飛段の姿はなかった。

「飛段は人の言うことを聞くような男ではなく、当時まだ子供だった彼が噂《うわさ》で聞いた地獄谷を興味本位で見つけ出しました。地獄谷の硫黄《いおう》の臭《にお》いを嫌って、奥深くまでは進まなかったようですが、飛段はあちこちに骸《むくろ》が散らばっていたと言うのです。やはり地獄谷で生きていけず死に果てたかと思いきや、骨ではなくちゃんと体があり、血が乾いていなかったと彼が言いました。里の忍が確認に行くと、飛段が言ったとおり、殺されて間《ま》もない死体があったのです」

ならば血之池一族は近年までその地獄谷で生きていたのだろう。

「飛段が殺したのではないかと疑う者もいましたが、どうやら同族同士で殺し合ったようなのです。何があったかわかりませんが、私たちは再び、地獄谷を禁忌の土地として近づかないようしました」

そこで、男がいったん口を閉ざした。思い悩むように視線を彷徨《さまよ》わせ、やがて、絞《しぼ》り出《だ》すように言う。

「いえ……厄介《やっかい》ごとに巻きこまれるのが面倒で、素知《そし》らぬふりを決めこんだだけかもしれません。湯隠れは資源が多く、暮らしに不自由はしていないのです。そんな平穏《へいおん》な暮らしを波立たせるものは排斥《はいせき》したい、そんな気持ちが我々の中にはあります」

「…………」

「湯隠れは〝安全な湯治場《とうじば》〟として、古くから諸国大名《だいみょう》や重役とのパイプもありました。血之池を預かったのも、雷の国の大名と繋《つな》がりがあったからしいです。裏取引で戦火を逃《のが》れたこともありました。そして、見て見ぬふりをすることで平和を維持してきたのです……」

男は憂《うれ》いの表情を見せる。

「飛段のことにしてもそうです。普通、抜《ぬ》け忍《にん》は始末するのが定石《じょうせき》。でも、湯隠れには飛段に敵《かな》う忍はいませんでした。里は放置を決めこんだ。その所為《せい》で、死んだ人たちもいる」

平和な世は忍としての感覚を鈍化《どんか》させるのかもしれない。そして、今後、世界はその道を進むのだろう。

しかし、異端児はいつも突然現れる。その時、誰一人太刀打《たちう》ちできないようではいけない。

大蛇丸《オロチまる》やカブトが生かされている理由も、そこにあるのかもしれない。ただ、それとは別に、平和のために牙《きば》を磨《みが》き、いつか起こるかもしれない危機に備《そな》える忍も必要だ。

ふと、思う。

サスケはそれを目指《めざ》すべきなのではないかと。

「……あそこです」

案内役が言っていたとおり、丸一日たった頃、地獄谷に到着した。湯隠れの里で見たものとは比較にはならない規模の煙があちこちからゴウゴウと噴《ふ》き出《だ》している。

「ここからは一人で行く」

サスケの言葉に、男は「気をつけて」と言い、去っていった。

サスケは一人、地獄谷へと踏みこむ。

「………」

谷の両脇《りょうわき》には岩が剝《む》き出《だ》しの山があった。その岩肌がところどころ茶褐色《ちゃかっしょく》に変色している。草木の気配はない

谷には臭気《しゅうき》を含んだ煙が充満し、熱湯が噴き出す間欠泉《かんけつせん》もある。ただいるだけで労力を使う場所だ。こんなところに追放されれば、普通、生きていけないだろう。

しかし、湯隠れの者が言うには、近年まで血之池一族はここに暮らしていたのだ。

どれだけ辛《つら》い思いをしたのだろう。

――木ノ葉はデカいから、衣食住が保証されてただろうけど、けっこうこういう理不尽《りふじん》なこと多いよ。

チノのそんな言葉がサスケの脳裏《のうり》に蘇《よみがえ》った。

地獄谷は想像していたよりも広かったが、サスケは導《みちび》かれるように奥へと進む。

「………！」

すると、眼前に突如《とつじょ》、真《ま》っ赤《か》に染まった池を見つけた。まるで血のようだ。一瞬、幻術にはまったのかと警戒したが、チャクラの気配はない。

サスケはその池の傍へと歩み寄る。

「これは……」

見れば地中から赤い熱泥《ねつでい》が噴出している。それが池の底に溜《た》まり、池を赤く見せているようだ。

見れば進む先にも点々と赤い池がある。

昔、湯隠れの忍が見たのは、この赤い池だったのだろう、そんなことを思いながら池を見渡した。

「……ッ!」

すると、池の一つに人の姿が見えたのだ。サスケはすぐにそちらへと走る。

「これは……」

我《わ》が目を疑う光景だった。赤い池の中、恐らく拉致《らち》されたのであろう忍たちがびっしりと敷き詰められていたのだ。

この池の底にも赤い泥《どろ》があり、忍たちの体が半分、その泥に埋まっている。池の温度は他に比《くら》べると低いらしく熱気を感じないが、池の中にいる忍の体は赤らんでいた。

そしてこの池から、チャクラの気配を感じる。サスケは写輪眼《しゃりんがん》で、池と忍たちの姿を映した。

「……これは……」

池の中にはまるでミミズのように蠢《うごめ》くチャクラがある。

忍たちの体にはところどころ切り傷があり、そのチャクラは傷口から体内に入っているようだ。

体内に入ったチャクラは血液の流れにのるように、体の中を這《は》いずりまわる。

「………」

異質なチャクラが体中にくまなく巡《めぐ》りだした忍は、まるで蓋《ふた》をするように傷口にかさぶたができ、傷がスゥーっと消えていた。

どうやら拉致された忍はここに連れてこられたあと、池の中で起爆人間に変えられ、各里へと送られていたらしい。

サスケは一番傍にいた忍に幻術返しを試みようとする。しかし、サスケが池に手を入れた途端、ミミズのように蠢くチャクラがサスケの手に集まりだした。皮膚《ひふ》にピリッと痛みが走る。

「チッ……」

どうやらこのチャクラが傷を作り、体内に入りこもうとしたようだ。チャクラを払うように池から手を抜き出し、改めて池の中で眠る忍たちを見る。

彼らに意思など感じない。人の感情を失った、チノだけの兵隊なのだ。

それはやはり、白《しろ》ゼツを彷彿《ほうふつ》とさせた。

「…………」

サスケは視線を先へと向ける。

池の中に囚《とら》われた忍を助けるためにも、里を守るためにも、チノを倒さなければならない。


「……ここは……」

ようやくたどり着いた地獄谷、最深部。目の前に広がった光景に、サスケは思わず息を飲んだ。

そこには、グツグツ煮立《にた》ち湯気をあげる、今までのものとは比べものにならない巨大な赤い池がある。

それは幻術で見た赤い海にも似ていた。むせ返るような熱気に息が詰まる。

「……蛇《へび》みたいな執念深《しゅうねんぶか》さだね」

その煮立つ池の中心、蒸気《じょうき》に覆《おお》われた場所から声が響《ひび》いた。

「感心するよ、サスケちゃん」

沸騰《ふっとう》し続ける池面の上、チノは素《す》足《あし》でこちらに向かって歩いてくる。

瞳《ひとみ》はまだ赤くない。

「……なぜこんな真似《まね》を？」

悠長《ゆうちょう》に相手の話を聞くのは性分《しょうぶん》ではないが、サスケはあえて問うた。

竹《たけ》ノ村《むら》ではあれだけ快活だったチノが、頑《かたく》なに口を閉ざしている。

「……うちは一族がお前の一族をこの地に追いやったというのは事実か？」

質問を変えると、チノの目がサスケを睨《にら》むように細められた。

「ノワキのことといい、私のことといい、どこで情報を調達してくるんだか」

チノが苛立《いらだ》った様子《ようす》でサスケを見る。

「そうだよ。私たち一族は、あらぬ疑いをかけられ、うちは一族によってこの地に閉じこめられた。元々、私たち一族の血龍眼《けつりゅうがん》は、三大瞳術《どうじゅつ》と呼ばれる白眼《びゃくがん》、写輪眼、輪廻《りんね》眼《がん》と比べられ、バカにされていたらしいしね」

でもね、とチノは言う。

「私たちはこの煮えたぎる湯を飲み、空飛ぶ鳥を撃ち落とし、わずかに生《は》えた草を喰《く》らって生き延びた。争いに疲れた一族は外の世界に出ることもなく、ここで細々と暮らしていたそうだよ。そして世界は血之池を忘れた……はずだった」

「はずだった？」

チノは悔《くや》しげに視線をそらす。

「過去の書物から血之池の存在を知った御屋城《おやしろ》が、まだ幼かった私をさらい、一族全員殺してしまったんだ」

――レア度を上げるために、一人だけ残して皆殺しにしちゃったこともあるんだ。

コロシアムで御屋城が言っていた言葉。あれはチノのことだったのか。

「一族の歴史を語ったけど、実際は、御屋城が持っていた古い歴史書から知ったことだ。さらわれた私は、物心つく前から御屋城の屋敷で忍の訓練を積まされていた。激戦地に武器を運ぶ道具にされ、望まぬ殺しもした。だから逃げだしたんだ」

ならば彼女も雷光団《らいこうだん》にいたのだろうか。そう思ったサスケだったが、どうやら違うようだ。

「一緒に逃げた護衛団の大半はノワキと雷光団を形成し共《とも》に行動したが、私は一人、地獄谷に戻ってきた。ここに来れば、自分が何者なのか、わかるような気がしたんだ。でもダメだった……」

チノは苦しげな表情を浮かべる。

「自分の父親も、母親も、一族の顔も、何も思いだせない……。どうして生まれてきたのか、なんで生きているのか、私はわからなかった。空《から》っぽなんだ……空っぽなんだよ」

そこまで言って、チノの表情が険《けわ》しくなる。その目がジワジワと赤に染まっていく。

「それでも、私は静かにここで暮らすつもりだった。争いから離れたかった。だけど、霧隠れに陥《おとしい》れられ、雷光団を解散し、逃げてきたノワキが私のもとに現れた。ノワキの傷が癒《い》えるまで一年以上かかったよ。……里の庇護《ひご》もない。守ってくれる家族もいない。愛してくれる人もいない。利用されて、捨てられる、ただそれだけの存在」

「………」

「私たち血継限界《けつけいげんかい》を持って生まれた人間は、自《みずか》らを〝普通〟と称する迫害者たちに苦しめられ続ける。ただ生きてるだけであらぬ疑いもかけられる。平和、平和と言うけど、戦《いくさ》がなくなれば、血継限界を持つ者たちは、また迫害される……！　だから壊してやろうと思ったんだよ！　こんな世界の未来に希望なんか持てないッ！」

サスケはチノの言葉を否定することはできなかった。

うちは一族も、木ノ葉で冷たい視線に晒《さら》されてきたのだ。だからこそサスケは木ノ葉を憎んだ。

ただ、サスケとチノとでは決定的に違う部分がある。サスケは、繋がりの中で生まれ、その繋がりを実感し、成長した。

チノは、最初から何もなかった人間だ。親の顔もわからない、ぬくもりも知らない、繋がりを知らない。それはきっと、ナルトに近いのだろう。

——初めから独《ひと》りっきりだったてめーに!! オレの何がわかるってんだ!!! アア!!?

——繋がりがあるからこそ苦しいんだ!!

——それを失うことがどんなもんかお前なんかに……!!

過去に、繋がりを持たないナルトに、繋がりを失い苦しむオレの何がわかると責《せ》め立《た》てたことがあった。

それでもナルトは、サスケを理解しようと、サスケの心に寄《よ》り添《そ》おうと必死になってくれた。

今思う。繋がりを持たないナルトの苦しみはどんなものだったのだろうと。

自分を肯定《こうてい》してくれる存在が何一つない、愛してくれる存在がいない恐怖はどんなものだったのだろうかと。

そして何もない状態から大切な存在を見つけ、繋がりを築《きず》き、その繋がりを失ったときの孤独はどれほど大きいものだったのだろう。

胸が痛んだ。

ナルトはそれでも最後までサスケを切り捨てなかった。

「……私はアンタが羨《うらや》ましかったよ、サスケ」

チノがじっとサスケを見る。

「木ノ葉という里に生まれ、うちはという名を持ち、愛してくれる家族がいて。里を抜けたあとは悪名《あくみよう》をとどろかせていたけど、今そうやって自由に旅をしている。それはアンタを愛し守ってくれる人がいるからだ」

「……！」

赤く染まった血龍眼。その瞳から、ぽたりと涙がこぼれた。

「わかるよ。アンタはずっとずっとずっと、誰かに愛され続けて生きてきたんだろうって。アンタが気づかなかっただけで、見ようとしなかっただけで、アンタの周《まわ》りにはずっとそんな人がいたんだよ。私とは……違う」

チノは「話が過ぎたね」と区切りをつける。

「止めたければ殺せばいいよ。だけど今度は忘れないでちょーだいよ、血之池一族の血龍眼をッ！」

チノはクナイを取り出し、両手首を素早《すばや》く切った。

流れ出す血潮《ちしお》。それが煮えたぎる赤い池に落ちる。

「血之池一族は血を使うことで様々な術を扱《あつか》う……特に血中に流れる鉄分を利用してんだ。そしてこの場所」

チノのチャクラが赤い池の中を蠢きだす。

「鉄分を多く含んだこの赤池は、血之池の力を更《さら》に強くしてくれる」

チノは印《いん》を結ぶ。

「血龍眼・血龍昇天《けつりゆうしようてん》ッ！」

「……………！」

赤い池の中を蠢いていたチャクラが、チノの足下《あしもと》に集まり盛り上がった。それが、赤い龍《りゆう》へと姿を変える。龍の首は八つ。見上げるほどの大きさだ。

「喰らえ！」

龍の首が大きく口を開き、サスケに襲いかかった。

「く……」

生身《なまみ》で太刀打ちできる相手ではない。サスケも瞳に力を込める。

——須佐能乎《スサノオ》！

現れたのは鎧武者《よろいむしや》。サスケは須佐能乎の剣で襲いかかる血龍の首を突いた。その勢いで首を飛ばしたかと思いきや、切られたその部分からすぐに新しい首がはえる。そして須佐能乎に嚙《か》みつき動きを止めた。嚙まれた箇所《かしよ》がジュウと湯気を立てる。他の龍の首も須佐能乎に絡《から》みついてくる。

サスケは須佐能乎の羽を広げ上空へと脱出した。

「逃がすか！」

チノはサスケを捕《と》らえるべく、大きく目を見開いた。すると、サスケの世界が赤く染まる。チノの幻術だ。

幻術を解こうとしたその一瞬を突いて、龍の首が須佐能乎の羽を狙《ねら》って一本伸びる。サスケは大きく開いた龍の口に剣を突き立てた。須佐能乎の剣が血龍の喉《のど》を破る。血龍の首が一本弾《はじ》け、あたりに散らばった。

サスケは須佐能乎を着地させると、剣で八つ首のつけ根を狙う。

「ここだ！」

剣が深々と刺さり、龍の首が二本、赤池の中に落ちた。水が盛大に跳《は》ねる。

須佐能乎と血龍、近づいた距離、チノと目が合いサスケもチノに幻術を仕掛けた。

「チッ……」

しかし、チノは自分の脳内に幻術ガードをいくつも張っているようで、赤い壁がいくつも立ちはだかり、サスケの侵入を阻《はば》む。その壁がどろりと溶けて波となり、サスケに迫《せま》ってきた。

「……幻術トラップか……」

サスケの体に波が触れ、記憶がわずかにチノに晒された。チノの幻術は巧妙だ。しかも頭がクラリとする。体内の鉄分をいじられているのかもしれない。

長引けばこちらが不利になる。どうやって倒すか、それに集中しているときだった。

「……なんで……ッ」

チノが突然、サスケに向かって叫んだのだ。

「なんで木ノ葉のために戦うのよ！」

彼女はサスケの記憶に触れて、何か見てしまったのかもしれない。

「木ノ葉の葉は鮮《あざ》やかで、根は暗い……！　木ノ葉には光と闇《やみ》があるッ！　アンタの一族は木ノ葉の養分になるために、根に吸収されたんでしょ！　なのになんで木ノ葉のために戦えるのよ！　なんで木ノ葉の未来に悲観せずにいられるのよ！」

サスケはチノから距離をとって、彼女を見た。

なぜ、木ノ葉のために戦うのか。答えは思いの外《ほか》早く見つかった。

「……オレが生きているからだ」

「どういう意味よ！」

サスケは思いだす。終末《しゅうまつ》の谷《たに》でナルトと見た朝日を。負けを認めたあの日を。

「オレを救いだした友がいる。互いの心を痛み合うことができる友がいる……」

「……痛み合うことができる、友……」

「そしていつか、世界もそうなればいいと願う心が……オレを木ノ葉に繋げている‼」

その日が来るまで堪《た》え忍《しの》ぶ。それを見届ける者になる。

――オレはもう、孤独ではない‼

「この世にはびこる復讐の連鎖《れんさ》はオレが断《た》ち切《き》る！　オレの兄がそうだったように、この世界を影から支え、そして……」

サスケはハッキリと言《い》い放《はな》った。

「この世界が見つめる先に……光を！」

サスケは目を見開いた。万華鏡《まんげきよう》写輪眼が今度こそチノを捉《とら》える。

「く、あ……」

チノと血龍の動きが止まった。

サスケは須佐能乎の剣でチノを狙う。勝負が決まる。

そこで、ノワキが彼女の名を呼び、飛びこんできた。

「……チノ‼」

――颱遁《たいとん》、猛風大烈破《もうふうだいれつぱ》‼

一気に風が巻き起こり、刃《やいば》となった風が須佐能乎の剣にぶつかる。剣の軌道がずれたものの、剣圧で二人の体が飛び、チャクラを失った血龍はバシャリと崩《くず》れた。

「……痛《つ》う……」

岩場に体を叩《たた》きつけたチノは体を押さえながら起き上がる。

すぐ傍にはノワキが倒れており、チノよりも重傷だった。

「……！　ノワキ！　なんで出てきたのよ……！」

チノは血《ち》の気《け》を引かせ、ノワキに駆け寄る。そこでノワキは無理矢理体を起こし、チノを背に庇《かば》った。

「…………」

ノワキの視線の先に、サスケが立っている。

サスケはそんな二人の姿を見て、チノに言った。

「オレが言った言葉の意味が、今ならわかるはずだ……」

それに、チノは大きく目を見開き、ハッとノワキを見る。

——オレを救いだした友がいる。互いの心を痛み合うことができる友がいる……。

孤独ではない。この世界に繋がりを持ち、生きている。

チノの目から涙がこぼれ出した。

赤い涙だ。ぽたぽた、ぽたぽたとこぼれ落ちる。

「……ノワキ、もういい」

嗚咽《おえつ》を堪《こら》えながらチノが言う。

「もういい……」

チノはノワキの背に手を置き、サスケを見上げた。

「竹ノ村で会わなきゃよかったよ。そうすれば、一方的に憎んでいられたのにさ」

言葉とは裏腹《うらはら》に、彼女の表情はどこか晴れやかだ。

「会って話してみたら、別に、憎むような相手でもなかったんだもんなぁ……」

人に出会い、語り知ることで繋がり合う。たった一言《ひとこと》かわすだけでも変わるものが多くある。

「負けたよ」

赤かった彼女の涙は、透明な涙に変わっていた。

「アンタみたいな奴《やつ》がいるなら、この世界にどんな未来が来るのか、見てみたいや」

三

チノは赤い池の前に立つ。その背後でサスケがそれを見る。

「……サスケ、ちょっとだけアンタの記憶が見えた。アンタの疑問の答えになるものがここにあるかもしれない」

既《すで》にチノに戦意はない。どんな処分も受けるつもりなのだろう。

その前に話したいことがあると言われ、忍《しのび》が横たわっていた池に連れてこられた。

チノが池の中に手を入れると、池の中で蠢《うごめ》いていたチャクラがチノのもとに戻っていく。忍の体内を巡《めぐ》っていたものも含めてだ。

「第四次忍界《にんかい》大戦のとき、湯隠れの地下を異形《いぎょう》の軍団が通過した」

チノは思いだすように遠くを見ながら語る。

「私は鉱泉《こうせん》から情報を得ることもできる。異形の軍団が地中の鉱泉に触れたとき、情報が流れこんできた」

それは、白《しろ》ゼツのことだろう。

「その仕組みを参考に、この術を作った。ただ、作りながら不思議に思ったことがあったんだ」

チノが池の底に手をつくと、熱泥《ねつでい》の噴出が止まり、地中へと戻っていく。池の水が引き、忍たちの体がようやく水の中から解放された。チノはサスケを振り返る。

「あの異形の集団の中に、もっと別の何かと戦わなければいけないと微《かす》かに思ってる奴《やつ》がいた。いや、思ってたわけじゃないのかな……一方的に植えつけられたものかもしれない」

「……どういうことだ」

話を聞きながら、わずかに鼓動《こどう》が速くなった。嫌《いや》な予感がする。

「ハッキリわからないけど……あいつらは違う何かのために用意された存在のような気がする。もっと強大な何かと戦うために……」

チノの言葉を聞いてサスケは固く目を閉じた。

カグヤとの戦いで気になったこと。

なぜカグヤはあれほど強かったのに白ゼツの兵団を造《つく》り戦争の準備をしていたのか。

杞憂《きゆう》が現実のものになろうとしている。

「その何かは、多分いつか必ずやって来るんだ」

「カグヤをも脅《おびや》かす存在がいるとでもいうのか……それがこの地に出現すると……？」

ようやく手に入れた平和が乱される日が来るとでもいうのか。

これから、人々が歩《あゆ》む未来をまた破壊されるのか。

しかし、サスケはいや、と首を振った。そんなことはさせない。自分が守ってみせる。

チノはそんなサスケを見て言った。

「あんまり一人で抱《かか》えこまないほうがいいよ」

見ればチノは笑っている。

「痛み合うことができる友達がいるんでしょ?」

その言葉に一瞬黙りこみ、やがて静かに頷《うなず》いた。

「……そうだな」

そうだ、自分は一人ではない。

エピローグ

EPILOGUE

多くの人が行《ゆ》き交《か》い活気づく木《こ》ノ葉《は》隠《がく》れの里。そんな里の陰《かげ》、拘置所《こうちしょ》にチノたちは送られた。どんな処分が下るかはわからないが、全《すべ》て受け入れるつもりだ。

そんなチノたちが一つの部屋に集められる。ノワキやアムダもいた。

一体何が起きるのかと思えば、ドアが開き、口元を隠した男が現れる。

それが火《ほ》影《かげ》だと気づいたチノが目を丸くした。まさかこんなところに火影が直々《じきじき》に来るとは思わなかったからだ。

「どうも」

食えない表情のカカシがそう言い、チノたちを見る。チノは言った。

「私が首謀者《しゅぼうしゃ》だよ」

里のトップがここにいる。だからこそ、今、訴《うった》えなければならない。

「全て私が責任を取る。だから他の奴《やつ》らは穏便《おんびん》に済《す》ませてやってほしい」

「チノ、オレたちはそんなこと望んじゃいない」

「そ、そうですチノさん、オレたちは自分の意思で……」

そんな彼らを見て、カカシが「まぁ落ち着いて」と言った。

「実は君らのことを、霧隠《きりがく》れや雲隠《くもがく》れと協議したんだけど……霧隠れの水影《みずかげ》が、君たちを引き取りたいと言ってきたんだよ。霧隠れのために尽力《じんりょく》してほしいと言っている」

チノたちは顔を見合わせた。特にノワキら元雷光団《らいこうだん》の驚きは大きかったようだ。

「負の連鎖《れんさ》を止めるのは今しかないってことね。水影が里の忍《しのび》たちと繰《く》り返《かえ》し話し合って決めたようだよ。ま、君らがよければって話だけど。既《すで》に雲隠れも同意している。木ノ葉もね」

突然のことにチノたちは戸惑《とまど》いを隠せない。そんな彼女らにカカシがゆったりと話しかける。

「君たちがやったことは、一生をかけて償《つぐな》わなきゃならないものだ。だけどそれは、全ての忍が大なり小なり抱《かか》えているものでもある。オレもそうだよ。もう一度戦ってみないか、自分の人生と」

カカシの言葉がチノたちに染《し》みこんでくる。

そこで、カカシの背後からひょこりと顔を覗《のぞ》かせた者がいた。

「カカシ先生！　オレにも一言《ひとこと》言わせてくれってばよ！」

両頬《りょうほお》に三本線が入った男だ。

「はいはい、仕方ないね……」

カカシはそう言って、場所を譲《ゆず》る。

「あのさ」

彼が何か言うよりも早く、チノが「お前がサスケの友達って奴か」と言った。

なぜかそんな気がしたのだ。

「え、あー……だな！　サスケのダチで、うずまきナルトだってばよ！」

チノの言葉にナルトがニシシと笑う。チノはそんなナルトに言った。

「……お前の友が私を闇《やみ》から救いだしてくれたんだ。感謝しているよ」

それを聞いて、ナルトは言いたいことも忘れて一瞬呆《ほう》けたが、どこか照れくさそうに「……そっか！」と笑った。

それは、かつての闇が照らした光。


「……というわけでチノはノワキたちと水《みず》の国に行ったみたいですよー」

大蛇丸《オロチまる》のアジトに現れた来客。それは、奇抜なデザインのサングラスをかけた御屋城《おやしろ》エンだった。

「それにしてもひどいですよねー、大蛇丸さん。自分に見張りがついてるのわかってて、島に乗りこんでくるんですから。おかげであそこの人たち、ほとんど捕まっちゃったらしいですよ。みんな捕まえようとすればいくらでも罪状出る人たちですしねー」

「アナタは捕まらなかったの？」

「ごらんのとおり」

おどける御屋城に大蛇丸が目を細める。

「予想どおりになったのかしら？」

「……おかげさまで」

御屋城はサングラスを外《はず》すと額《ひたい》に手を置き、そのままスッと下げた。

現れたのは赤い瞳《ひとみ》、血龍眼《けつりゅうがん》。

「狭いコミュニティでは争いごとが生まれやすい。長年共《とも》に肩を寄せ合い生きてきたというのに、小さないざこざが積もり重《かさ》なり憎しみ合って最後は同士《どうし》討《う》ちだ。妻が巻きこまれ死んだ時点で、色んなことがどうでもよくなってしまいましたよ。それでも娘は案外可愛《かわい》いもんだ」

ダメ親ですけどねーと御屋城が言う。

「これからどうするの？」

何気《なにげ》なく聞かれたその言葉。御屋城は腕を組んだ。

「そうですねぇー、これからは武器も流行《はや》らないでしょうし。地獄谷《じごくだに》で温泉リゾートでも作ろうかな」


なんだか妙に機嫌《きげん》がいいと思ったサクラの読みはあたっていたようだ。

回復した霧隠れや雲隠れの忍を見送り、ようやく時間ができたサクラを訪《たず》ねてきたナルトは、嬉《うれ》しそうにチノから聞いた話をサクラにしてくれた。

聞いて、サクラの胸も熱くなる。

——罪《つみ》を償う旅でもある。

旅に出るとき、サスケはそう言っていた。そのサスケが、確かな足取りで前に進んでいっている。

ただ、その隣に自分が並べていないことがサクラにとっては切《せつ》なかった。

やはり、いつまでも待っていられない。

もし、次。サスケが木ノ葉に戻ってきたら、今度こそ何を言われてもついていこうと心に決める。

「それにしても、不思議な感じだってばよ。サスケは木ノ葉にいねーけど、一緒に任務やってるみてーでさ」

ナルトは興奮した様子《ようす》で語っている。

「そんで、サスケは里にいねーのに、里のこと守ってんだもんな」

「そうね。サスケくんみたいに優秀な忍じゃないとできないことは沢山《たくさん》あるし……」

「とんでもねーことをしちまう奴もいるけどよ、今回みたいにちゃんとできる奴らがしっかり対応していけばいいんだよな！」

ナルトの言葉を聞いて、サクラが「あ」と声をあげた。勉強に関してはナルトやサスケにも負けなかったサクラの脳裏《のうり》に、あるワードが浮かんだのだ。

それは、サスケに深い関《かか》わりがあったもの。

「どうしたんだ、サクラちゃん？」

不思議そうにこちらを見るナルトにサクラが微笑《ほほえ》む。

「今の話聞いて思いだしたんだけど、あんた知ってる？」

「？」

「あのね……」


旅は続く。サスケは広がる海を眺めながら、足早に進む。

カグヤを脅《おびや》かす存在。杞憂《きゆう》で終わればいいと思っていたが、もう、無視はできない。

サスケはカグヤの痕跡《こんせき》を探すべく、更《さら》に情報を集めるようになっていた。やらなければならないことが山ほどある。そしてこれは、輪廻眼《りんねがん》を持つサスケにしかできない。

「……ん、カカシか……?」

そこに、伝令の鷹《たか》が現れた。サスケは鷹から手紙を抜き取る。そこには今回の件のその後についての報告が丁寧《ていねい》に書かれていた。

それに目を通したところで、手紙がもう一枚入っていたことに気づく。サスケはなんとはなしにそれを見た。

字が汚い。

すぐに気づいた。ナルトだ。ナルトからの手紙が入っている。

そこには、こう記《しる》されていた。

——サクラちゃんと話してたんだけどさ。今回のお前って……

続く言葉に、サスケは目を大きく開く。

そんな意識は全《まった》くなかったのだ。ただ、どこかで腑《ふ》に落ちた。

手紙にはこう記されていた。

——警務《けいむ》部隊みてーだな!

警務部隊。木ノ葉の治安《ちあん》を預《あず》かり守ってきた、うちはの家紋《かもん》をシンボルマークにしている組織。

かつてうちは一族が創立し、悲劇も生んだ存在。

しかし、うちは一族が里のために働いた想《おも》いも事実だ。

「……警務部隊、か」

規模は世界に移り、それでも目的は同じ。世界を守ること、それが木ノ葉を守ることにも繋《つな》がる。

「……だったら兄さんも警務部隊だったかもしれないな……」

里の外から木ノ葉を守るために働いたイタチを思いだしてサスケは微笑んだ。

——兄さんもここに入るの？

——さあ……どうかなぁ……。

——そうしなよ！　大きくなったら……オレも警務部隊に入るからさ!!

幼い頃の思い出。ほのかな痛みがあるが、それでもサスケは口元に笑《え》みを浮かべる。

サスケはいったん立ち止まり、空を見上げ、方角を変えた。

「久しぶりに……帰るか」

関わることは、もう怖《こわ》くない。

進む道は定《さだ》めた。
サスケは歩きだす。
その先には――木ノ葉隠れの里がある。

サスケ真伝【来光篇】

NARUTO-ナルト-

2015年11月9日　第1刷発行
2024年2月26日　第5刷発行

著者　岸本斉史◎十和田シン

編集　株式会社　集英社インターナショナル
〒101-8050　東京都千代田区一ツ橋2-5-10
TEL　03-5211-2632(代)

装丁　高橋健二＋西野史奈（テラエンジン）

編集協力　添田洋平（つばめプロダクション）

編集人　千葉佳余

発行者　瓶子吉久

発行所　株式会社　集英社
〒101-8050　東京都千代田区一ツ橋2-5-10
TEL　03-3230-6297(編集部)
03-3230-6080(読者係)
03-3230-6393(販売部・書店専用)

印刷所　共同印刷株式会社

本書は書き下ろしです。

Printed in Japan　ISBN978-4-08-703384-7 C0093

検印廃止

忍達の知られざる物語が此処に!!
更なる真実を刮目せよ!!
真伝シリーズ
【イタチ真伝】光明篇・暗夜篇
うちはイタチ木ノ葉を抜ける!!
JC1巻
1:うずまきナルト!!
●落ちこぼれの忍ナルトは火影を目指す!!
JC72巻
699:和解の印
●ナルトとサスケ「終末の谷」にて決着!!
●第四次忍界大戦終結!!
10数年前
秘伝シリーズ
【カカシ秘伝】氷天の雷
はたけカカシ、六代目火影就任!!
●サスケ、木ノ葉隠れの里を去る
数カ月後
秘伝シリーズ
【シカマル秘伝】闇の黙に浮ぶ雲
奈良シカマル、忍連合の重役に!!
映画ノベライズ
【THE LAST -NARUTO THE MOVIE-】
大筒木トネリ襲来!!
2年後
10数年後
新伝シリーズ
【木ノ葉新伝】湯煙忍法帖
先代火影の忍び旅、中忍・ミライが護る!!
【BORUTO-ボルト- -NARUTO NEXT GENERATIONS- NOVEL 1】
ボルト、忍者学校《アカデミー》に入学!!
【BORUTO-ボルト- -NARUTO NEXT GENERATIONS- NOVEL 2】
木ノ葉隠れの里でゴースト事件発生!!
【BORUTO-ボルト- -NARUTO NEXT GENERATIONS- NOVEL 3】
異界の口寄せ獣・鵺《ぬえ》が襲撃!!
【BORUTO-ボルト- -NARUTO NEXT GENERATIONS- NOVEL 4】
霧隠れの里へ修学旅行!!
【BORUTO-ボルト- -NARUTO NEXT GENERATIONS- NOVEL 5】
ボルト、忍者学校《アカデミー》卒業!!
映画ノベライズ
【BORUTO-ボルト- -NARUTO THE MOVIE-】
ボルトの中忍試験中に大筒木モモシキが襲撃!!
忍年表

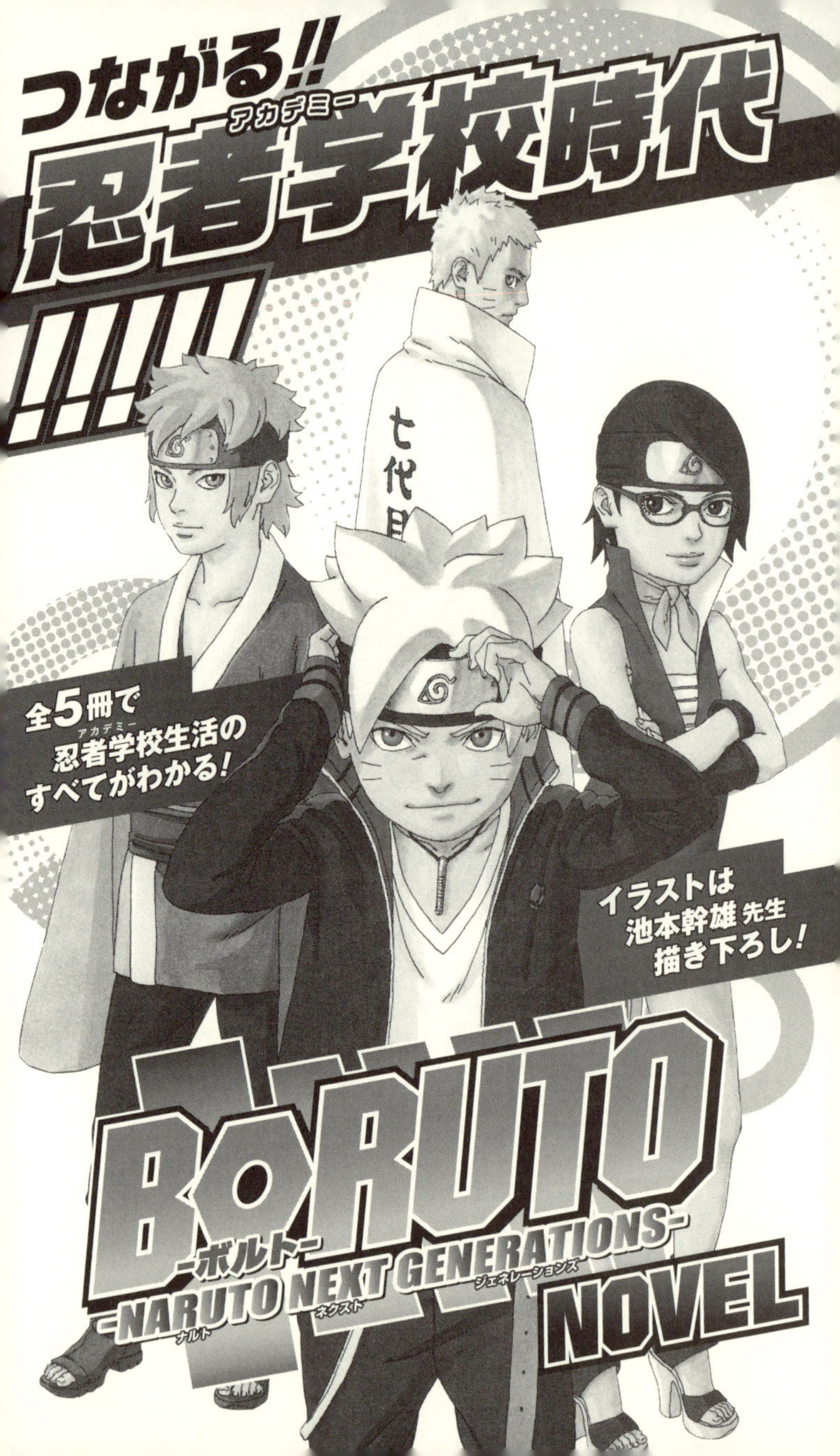
つながる!!
忍者学校《アカデミー》時代!!!!!
全5冊で
忍者学校《アカデミー》生活の
すべてがわかる!
イラストは
池本幹雄 先生
描き下ろし!
BORUTO
-ボルト-
-NARUTO《ナルト》 NEXT《ネクスト》 GENERATIONS《ジェネレーションズ》-
NOVEL